KB264706

소설로 읽는 청소년 비전 독서 가이드

꿈의 날개를 달아주는

독서 한 장

추교진 지음

상상의 날개

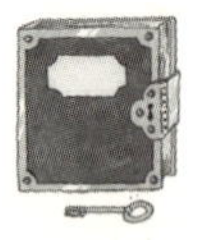

들어가면서

어느 금요일, 퇴근길에 형으로부터 안부 전화가 왔다. 별일 없냐는 인사와 함께 불금인데 뭐 하냐고 물어서 카페에서 책을 읽을 거라고 대답했다. '황금 같은 불금에 청승맞게 뭐 하는 짓이냐'는 비아냥거림이 전화기 너머로 들려왔다. 그렇다. 나는 황금 같은 불금에 청승맞은 짓을 하고 있었던 것이다.

미국 사상가 겸 문학자인 '헨리 데이빗 소로'는 이런 말을 했다.

"얼마나 많은 사람이 책 한 권을 읽음으로써 인생에 새로운 전기를 맞이했던가."

한 사람의 인생을 바꿀 만큼 책이 중요하다는 표현이다. 그러나 언제부턴가 불금에는 혼자 있으면 안 되고, 책을 읽으면 궁상맞고 모양 빠지는 일이 되어버렸다.

왜 그럴까?
왜 책을 대하는 인식이 안 좋아진 걸까?

글을 읽을 수 있다면 누구나 할 수 있는 쉬운 일이 책 읽기다. 자신의 인생에서 놀랄 만하고 기적 같은 일을 만드는데 책 읽기만 한 것도 없다.

우리나라는 한강의 기적이라고 불리는 급속한 경제 성장을 이뤘지만 독서 만큼은 그렇지 못하다. 나는 낮은 독서율이 '당신이 책을 읽지 않아 이렇게 됐다'고 말하고 싶지 않다.

당신도 알겠지만 책을 읽는다는 것은 꽤 어려운 일이며, 안타깝게도 책을 꾸준히 읽고 내 삶에 적용시키는 것은 더더욱 어렵다.

언제부턴가 우리에겐 뭐든지 잘해야만 정답이고, 그것이 곧 성공한 인생을 살아가는 모범 답안처럼 되어 버렸다. 책을 멀리하는 데는 많은 이유가 있다. 그중 가장 어려운 점은 아마도 책을 읽고 내 삶에 적용시켜 어제보다 더 나은 오늘을 살아야 한다는 점일 것이다.

주목하자. 우리에게 독서 고수로 가는 방법은 필요 없다!

독서 고수!

그건 그때 가서 생각해보면 된다. 책을 얼마나 많이 읽느냐는 중요하지 않다. 내용을 얼마나 이해하는가도 중요하지 않다. 작은 노력과 부담만으로 남들과 같은 독서를 할 수 있어야 한다. 독서 초보들에겐 한 달에 책 한 권이라도 계속해서 읽을 수 있는 방법이 필요하다.

오늘 하루! 단 한 장이라도 읽어 넘길 의지가 필요하고, 출퇴근 길 휴대폰 대신 책을 들고 다닐 만큼의 열정이 필요하다.

책을 읽는 정석이 있다면 그 방법은 무엇일까?
그렇다면 꼼수와 정석의 차이는 무엇일까?
질문의 답은 이 책에 담겨있다.

책은 남들이 만들어놓은 세상에서 살아가는 것이 아니라 자신만의 인생을 살아가게 해준다. 가보지 않은 사람과 그곳에 가본 사람의 차이는 매우 크다. 이 책을 읽은 독자 모두가 독서를 진심으로 좋아하게 되고, 책에 대한 이야기를 나눌 때면 누구보다 더 열정적으로 설명할 수 있게 되기를 바란다. 그래서 당신에게 예전보다 더 당당하고 자신 있게 웃으며 살아가는 마법 같은 인생이 펼쳐지기를 소망한다.

2018년 봄
불금 어느 카페에서 추 교 진

 **_ 박꼼수(공수)**

추정석과 변달인의 도움으로 책을 읽고 자신만의 기준을 세워 새로운 삶을 살아가기 시작한다.

 **_ 추정석**

변달인의 도움으로 책을 통해 삶을 변화시킨 인물.
원리 원칙대로 하는 것을 고집하며 공수에게 책 읽는 삶을 안내 한다.

 **_ 변 작가(변달인)**

정석과 공수에게 책 읽는 즐거움을 깨닫게 해준다.

 **_ 영민국**

공수의 가장 친한 현실 중심적 친구.

 **_ 한지혜**

공수의 여자친구. 책을 좋아하며 공수가 자신만의 독서 기준을 세우도록 도움을 준다.

 **_ 김 사장**

공수가 방학을 이용해 아르바이트하는 지하철 역 커피 매장의 점주.

# CONTENTS

Part 1

낯선 발자국을 따라 걷다 보면,
당신이 결코 알지 못했던 것들을
배우게 될 거예요.

　　　－ 영화 〈포카혼타스〉 中

"**공**수야! 공수야! 주문!"

먼저 온 손님의 커피를 내리던 김사장이 다급하게 소리쳤다.

"네? 아. 죄송합니다! 주문하시겠어요?"

"아메리카노 따뜻한 걸로 한 잔 주세요."

공수는 허겁지겁 주문을 받고 커피를 내리기 시작했다. 손님들이 주문한 커피를 모두 내준 뒤 김사장은 짜증 섞인 목소리로 말했다.

"인마! 너 요즘 무슨 생각을 그렇게 해."

"죄. 죄송합니다."

"너 무슨 일 있어? 요즘 정말 이상해?"

"사장님. 죄송합니다."

"너 아무래도 수상해. 무슨 일이야? 사실대로 말해봐."

"정말 아무 일 없어요. 그냥 멍 때렸어요."

"진짜야? 정말 별일 없어?"

"네. 정말이에요. 그냥 멍 때렸어요."

"정신 차려라."

"네"

공수는 별일 없다고 말은 했지만 사장님께 한 소리 듣는 게 벌써 몇 번째인지 모른다. 한숨을 쉬며 바라본 휴대폰 화면은 벌써 퇴근할 시간임을 알렸다. 매장을 정리한 뒤 퇴근한 공수는 오늘따라 지하철은 답답할 것 같아 버스를 타기로 했다.

"아. 공부도 하기 싫고. 그렇다고 딱히 왜 이런지도 모르겠고…."

공수는 겨울 방학을 통해 지금 하고 있는 아르바이트도 다 귀찮다는 생각이 들었다. 공수는 정류장에서 버스를 기다리며 또다시 생각에 잠기기 시작했다. 친구들은 공부하느라 방학이 더 바쁘다고 아우성이지만 공수는 별 생각이 없었다. 아니 그냥 모든 게 귀찮았다. 호주머니에서 휴대폰의 진동이 느껴졌다. 친구 민국에게서 온 문자였다.

"꼼수! 뭐하냐? 볼래?"
"아니, 오늘은 피곤해. 그냥 저녁때 학원에서 봐."

민국이와는 어렸을 때부터 알고 지낸 죽마고우였다. 공수는 스티브 잡스나 빌 게이츠도 부럽지 않았지만 민국이만은 부러웠다. 잘 나가는 회사의 사장님이 아빠여서 갖고 싶은 건 고민하지 않고 사 버리는 금수저였다. 짜증 나는 것은 민국이가 머리까지 좋다는 것이다.

평소 수업에 대한 이해 속도가 빨라 시험 성적도 늘 상위권이었다. 그래서 세상 쉽게 사는 것 같은 민국이가 요즘 들어 더 부러웠다. 문자를 보내고 바지춤에 휴대폰을 넣으려는 데 민국에게

서 다시 문자가 왔다.

공수는 무시하고 바지 주머니에 휴대폰을 넣었다. 방학을 통해 아르바이트를 한지 며칠 지나지 않아 왜 이런 기분이 드는지 영문을 몰랐다.

'하…. 정말 왜 이러지?'

"부르릉~!"

공수는 요란한 엔진소리에 번쩍 정신이 들었다.

"엇! 저거 타야 하는데!"

공수가 생각에 골똘한 사이 도착했던 버스는 어느덧 시야에서 멀어지고 있었다.

'아…, 짜증나! 아직 사람이 안 탔는데 출발하는 건 뭐야!'

버스가 지나간 방향을 보며 괜한 버스 기사에게 화를 내봤지만 소용없는 짓이었다.

'휴. 화내서 뭐하냐. 기분 전환도 할 겸 걷자!'

공수는 걸으며 요즘 느끼는 감정들에 대해서 생각하기 시작했다. 학생이 공부를 하는 것은 당연한 일이지만 요즘 공부하는 게 점점 싫어지고 있었다. 사춘기 때 겪는 단순한 감정이라도 좋았다. 공수는 초콜릿 만들어지듯 짜인 틀 안에서 똑같이 찍어 내는 인생이 싫었다. 공부하는 이유도 머리가 아닌 가슴으로 느끼고 싶었다. 확실히 알 수 없지만 나만의 인생을 살아가고 싶다는 생각이 머릿속에서 사라지질 않았다.

‘설마…이게 중2병? 말로만 듣고 약도 없다던 중2병이 내게?’

자꾸만 무거워지는 발걸음은 집에 도착한 공수의 마음을 계속 짓눌렀다.

‘기분 정말 더럽네.’

만약에

복잡한 기분에 침대에 몸을 던지듯 누워버렸다. '그냥 다른 애들처럼 닥치고 공부만 해야하는 걸까? 모르겠다. 정말.' 침대에 누워도 머릿속은 여전히 복잡한 상태였다.

지이잉!

'이런, 잠들었었네.'

진동에 놀라 일어난 공수는 휴대폰의 문자를 확인하고는 눈살을 찌푸렸다.

"아직 늦지 않았다. 겜비 쏠테니까 나와."

'하…, 으휴!'

침대에 휴대폰을 내던진 공수는 자신의 옷을 살폈다. 씻지도 않고 누웠던 터라 입던 옷 그대로였다.

'씻자! 씻고 나면 기분이 조금 나아지겠지.'

공수는 샤워 꼭지를 틀며 며칠 동안 지내온 시간을 돌아보았다.

'왜, 요즘 이런 기분에 젖어있는 걸까? 지금까지 별일 없이 잘 지내왔잖아.'

예전에도 문득 '난 뭘 하고 싶은 걸까? 그래서 뭘 이루려는 거지?'라는 생각이 들긴 했지만 곧 진정되어 다시 일상으로 돌아왔었다. 하지만 요즘은 그 정도가 심해졌다.

샤워하는 동안 계속 이런 저런 복잡한 생각들이 꼬리에 꼬리를 물자 비참한 기분까지 들었다. 화장실에서 샤워를 하고 나온 공수를 바라보며 엄마가 말했다.

"이제 씻은 거야? 점심은 먹었어?"

"네."

"배고프면 식탁에 빵 있어."

"알겠어요."

"밥은 잘 챙겨먹고 다녀. 속이 든든해야 일이든 공부든 다 잘되는 거야."

공수는 항상 자신을 챙겨주는 엄마가 새삼 고마웠다.

"내일은 일찍 들어와."

"왜? 뭔 일 있어요?"

"뭔 일은 뭔 일이야. 내일은 아빠 쉬는 날이라 집에 계시니까 다같이 저녁 먹자는 거지."

"아. 하긴 다 같이 저녁 먹은 지도 꽤 오래네?"

"그래. 아빠는 항상 저녁시간 지나서야 집에 오시잖아. 너랑도 시간 맞추기 힘들고."

엄마가 늘 혼자였다는 생각이 들자 공수는 엄마에게 미안한 마음이 들기 시작했다.

"네. 알았어요."

젖은 머리로 책상에 앉았지만 기분은 샤워 전과 크게 다르지 않았다.

　계속 이러면 안되는데…. 아. 짜증나!'

　마음 같아서는 다 때려치우고 어디론가 떠나고 싶었지만 정작 어디로 가야 할지도 몰랐다.

　이런 자신이 너무 왜소하고 초라하게 느껴졌다. 이 사실이 공수를 더욱 비참하게 만들었다.

　'만약, 내가 민국이처럼 돈 많은 집에 태어났어도 이런 고민을 했을까?'

도대체 뭐가 잘못된 거지?

공수는 요즘 들어 민국에게 자꾸만 패배의식이 들어 전화하기 싫었지만, 그래도 마음 터놓고 이야기할 사람은 민국이밖에 없다는 생각에 휴대폰의 통화 버튼을 눌렀다.

"뭐하냐?"

"피방이야. 왜?"

"그냥 했다."

"그러니까 나오라고 할 때 나왔어야지! 학원에서 봐."

"아니 그냥 했다니까. 그리고 오늘 나 학원 안 간다. 별로 가고 싶지 않아."

"오. 용감한데! 그럼 바쁘니까 너네 집 앞 공원에서 봐. 끊는다."

공수는 약속 장소인 공원에는 먼저 도착했을 거라 생각했지만 민국이 먼저 와 있었다. 휴대폰 게임을 하고 있는 민국은 공수가 인기척을 내도 몰랐다.

"그렇게 재미있냐?"

"우씨! 놀래라! 왜 이렇게 늦었어. 한참 기다렸잖아!"

"뭐가 늦어. 너랑 전화 끊고 바로 왔구만."

"아무튼! 어쩐 일로 학원을 쨌다는 거야?"

벤치에 앉아 잠시 숨을 고른 공수는 민국에게 공부가 싫다고, 그 동안의 복잡한 심정을 털어놓기 시작했다.

"복잡한 새끼. 난 또 뭐라고."

민국은 공수가 재미있다는 듯 놀리며 웃었다.

"중 2병? 이 어린 사춘기 새끼."

"야! 장난하지 말고 새꺄! 난 심각해!"

"꼼수야 형 말 들어. 그냥 다른 애들처럼 편하게 생각해. 며칠 지나면 다시 괜찮아진다. 성장통이라고 생각해."

"너도 이런 생각해봤어?"

"아니. 난 그딴 생각 안 했지."

"왜?"

"난 그런 거 없이 정신적으로 한방에 성장했다고나 할까?"

"미친놈."

"하하! 그래. 웃어라 짜샤!"

말을 마친 민국은 자리를 털고 일어났다.

"그만 가자."

"왜. 벌써 가려고? 아직 학원 가려면 시간 남았잖아."

"응. 여친님 호출이시다!"

"민지? 민지가 왜?"

"학원 땡땡이치고 영화 보자고 하네? 잘됐지 뭐. 나도 가기 싫었는데."

"그래서 벌써 가려고?"

"형 먼저 간다고 울지 말고~ 크크!"

그렇게 민국과 헤어지고 집에 돌아온 공수는 마음이 무거웠다. 여전히 문제는 해결되지 않고 그대로 남아있었기 때문이다. 학원을 가지 않고 땡땡이 친 것도, 학생으로서 지켜야 할 의무를 다하지 못한 죄책감도 아니었다. 뭘 해야 할지도 모르고 생각도 없는 자신이 싫었다.

자신에게 하는 질문

특별한 날이 아니면 공수가 아르바이트하는 지하철 안의 매장은 휴일이 없었다.

여느 때처럼 점주인 김사장보다 먼저 나온 공수는 매장 오픈 준비를 시작했다.

일을 하면서 공수는 며칠 전 민국과 나눴던 일들을 끄집어 내서 생각해 봤다.

'쳇! 얄미운 금수저 새끼!'

공수는 친구지만 자신과는 다른 삶을 살아가는 것 같은 민국이가 얄밉다는 생각이 들었다.

"좋은 아침! 벌써 오픈 준비 다 해 놨구나."

"나오셨어요. 사장님. 손님들 오기 전에 우리도 모닝커피 한 잔 할까요?"

"그래. 한 잔 마시고 시작하자."

커피 장사를 하면서도 아메리카노가 써서 싫다는 김사장을 위해 공수는 믹스 커피를 뜯어 종이컵에 담았다. 김사장의 커피를 탈 때면 늘 택시 기사가 차멀미 때문에 운전을 못했다는 라디오 사연이 생각나 절로 웃음이 나왔다.

"드세요."

"그래. 고맙다."

공수는 아메리카노를 마시며 매장 밖 지나가는 행인들에게 시선을 던졌다.

요즘 들어 모닝커피를 마시며 지하철 안 출근길 행인들의 모습을 지켜보는 횟수가 잦았다.

오늘따라 유난히 아침 손님이 없어 꽤 오랫동안 김사장과 공수는 행인들을 구경하고 있었다. 먼저 둘 사이의 적막을 깬 것은 김사장이었다.

"공수야. 너 요즘 고민 있냐?"

"네? 아뇨, 없어요. 왜요?"

"없긴 뭐가 없냐. 평소보다 멍하니 사람들만 보는 것도 그렇고."

"아. 그냥 보는 거죠. 뭐."

"녀석. 싱겁기는."

커피를 한 모금 마시며 공수는 다시 사람들의 모습에 눈을 돌렸다.

지하철 안의 2평 남짓한 테이크 아웃 커피숍에서 바라본 행인들은 회사원이나 학생이나 모두 늘 어딘지 모르게 바빠 보였다.

'저 사람들은 무슨 일을 하는 사람들일까? 다 자기가 원하는 일들을 하는 걸까? 저 사람들은 학창시절에 공부는 다들 잘했나?'

커피향을 맡으며 이런 생각을 하고 있는 자신이 스스로도 우습고 바보 같다는 생각이 들었다.

‘하. 나도 모르겠다. 내가 정말 왜 이러는지.’

시간이 흘러 커피숍 아르바이트가 끝나고 학원 갈 시간이 되었지만 공수는 여전히 의욕이 없었다.

‘학원 진짜 가기 싫다. 쨀까? 그냥 집에 갈까? 아니면 PC방에나 갈까?’ 갈팡질팡하는 사이 어느덧 학원 입구에 도착해버리고 말았다.

“아얏! 똑바로 안 보고 다니냐?”

“뭐래~? 네가 와서 박아놓고!”

민국이의 성격 안 좋은 여자친구 민지였다.

“짜증나. 옆으로 꺼져!”

“넌 여자애가 말 참 예쁘게 한다.”

“꺼지라고!”

서있는 공수를 무시하고 휴대폰만 바라보며 학원으로 들어가는 민지를 보자 ‘지금이라도 PC방에 갈까?’라는 생각이 들었다. 공수는 학원 교실에 들어서자 방금 전 한바탕하고 먼저 들어간 민지가 책상에 엎어져 휴대폰을 들여다보고 있었다. 순간 민지가 짜증 나는 것도 있지만 매일같이 휴대폰으로 뭘 보는지 궁금해졌다.

“야. 뭐 보냐?”

“누나 웹툰 보니까 꺼져!”

“싸가지 하고는. 재미있냐?”

“너처럼 아가들은 이렇게 수준 높은 웹툰에 재미를 못 느껴.”

“웃기셔! 근데 그게 인기있는 거야?”

“응. 요즘 이 웹툰 작가가 그린 웹툰은 다 찾아보는데 진짜 재미있어. 영화로까지 나왔어.

그만큼 스토리가 좋다는 거지.”

“오. 그래?”

“하. 이거 보느라 내 휴대폰 데이터가 남아나질 않아. 이번 달
도 벌써 다 썼어! 데이터 거지야. 그래서 와이파이만 찾아다
녀.”

민지는 푸념하듯 말했다.

“적당히 좀 보지 그랬냐.”

“휴대폰 좀 빌리자! 학원은 와이파이가 느려서 답답해.”

“헐. 됐거든!”

“야! 치사하게! 조금만 볼게!”

“그냥 찌그러져 있어.”

독서는 콩나물이다?

"공수야! 병원 좀 다녀올 테니까 가게 좀 잘 보고 있어."

"어? 어디 안 좋으세요?"

"몸도 무겁고 열도 나는 게 몸살인 듯싶다. 금방 다녀올 테니까 무슨 일 있으면 바로 전화하고!"

"네. 얼른 다녀오세요."

공수는 김사장이 매장을 비우자 또 다시 행인들 구경에 시간을 보내고 있었다.

"따뜻한 아메리카노 한 잔 주세요."

"네! 따뜻한 아메리카노 한 잔이요?"

갑작스런 주문에 멍하니 있던 공수는 서둘러 커피를 내렸고 종이컵에 담아 손님에게 내밀었다.

순간, 지금 이 손님은 매주 그것도 토요일 아침 자신에게 커피를 주문한다는 사실을 알았다.

독특한 외모 때문에 쉽게 기억하고 있었다.

뽀글뽀글 파마한 머리에 동그란 얼굴, 검정 뿔테 안경을 하고 있어 얼핏 만화 캐릭터 마이콜을 닮았다고 느꼈던 손님이었다.

“아. 오늘도 오셨네요?”

“네?”

“토요일 아침마다 오시잖아요.”

공수는 힘을 주며 자신 있게 말했다.

“오! 기억하시네요?”

“그럼요. 당연히 얼굴 기억하고 있었죠.”

공수는 커피를 받으며 미소 짓는 마이콜의 인상이 참 좋게 느껴졌다.

“인상 좋아 보이세요.”

“누구요? 저요?”

“ 하하! 그렇게 안 띄워 주셔도 저 여기 단골이잖아요.”

“아니에요. 정말로요!”

“ 사장님. 아무튼 기분은 좋네요.”

“사장님은 따로 계시고 저는 직원입니다.”

마이콜은 아메리카노를 한 모금 마시며 넉살좋게 공수에게 말했다.

“에이. 사장 없으면 직원이 사장이죠. 뭐!”

“아. 그런가요? 하하!”

공수는 마이콜과 처음 대화를 나눴지만 친근하게 느껴졌다.

“그런데 출근하시는 길인가요?”

“아니요. 토요일 아침에 만나는 사람들이 있어서요. 그래서 가는 길에 이렇게 커피 한 잔하는 거구요.”

“토요일인데 일찍 만나시네요?”

“그렇죠? 일찍 만나서 일찍 헤어지자는 거죠. 하하!”

공수는 어떤 모임인지 궁금했지만 실례인 듯해 물어보지 않기로 했다.

"네. 그럼 많이 파세요."

마이콜은 사람 좋은 미소를 보이며 공수와 그렇게 헤어졌다.

공수는 오전 마이콜을 빼면 커피를 찾는 손님이 없어 한가한 시간을 보내고 있었다.

"벌써 시간이 이렇게 됐네? 근데 사장님은 왜 안 오시지?"

공수는 사장님께 전화를 걸었다.

"사장님. 저 공수요."

"아, 그래 공수야. 전화를 한다는 게 깜빡했네. 미안하구나."

"병원 진료 보는 사람들이 많아서 생각보다 더 늦어지는 구나. 나 때문에 점심도 못 먹었지? 너 퇴근 시간도 다 됐는데…."

"아니에요."

"우선은 냉장실에 있는 샌드위치 아무거나 먹고 오늘은 일찍 마감해라. 매장 마감은 할 줄 알지? 혹시 무슨 일 있으면 앞에 편의점 사장님께 말해. 알겠지?"

"네. 사장님."

"그래. 고맙다. 마무리 잘하고 집에 갈 때 문자 하나 남겨라."

전화를 끊은 공수는 혼자 중얼거리며 매장 냉장실 안의 샌드위치를 집으며 혼자 중얼거렸다.

'어휴! 이거 사장님이 나를 믿어도 너무 믿으시네. 고등학생 알바한테 매장을 그냥 다 맡겨버리시고. 그냥 사람을 한 명 더 뽑으시지…, 쫌생이!'

"아이스 아메리카노 한 잔 주세요!"

"엇! 아. 네!"

공수는 놀라지 않을 수 없었다. 오전의 그 마이콜이었다.

공수는 반쯤 뜯었던 샌드위치를 치우고 능숙한 솜씨로 아이스커피를 만들어 마이콜에게 건넸다.

"모임은 끝난 건가요."

"네. 근데 오늘은 은근히 덥네요."

"그런가요? 지하철 역 안에만 있으니까 잘 모르겠네요. 하하"

"하루 종일 여기 있으면 답답하시겠어요."

"네. 그래서 가끔 매장 밖으로 나와서 스트레칭도 좀 하고 그래요."

"그래도 손님들 없으면 앉아서 쉴 수 있으니 좋겠네요."

"네. 하하!"

"그럼 또 커피 마시러 올게요."

"네. 고맙습니다. 그럼 다음 주 토요일이겠네요."

"오! 예리하시네요."

미소를 짓는 마이콜을 보며 공수는 가게 단골을 만든 기분이 들어 기분이 좋았다.

마이콜과 헤어진 뒤 공수는 휴대폰 화면을 여기저기 손가락으로 튕겨가며 시간을 보내고 있었다.

"손님도 없는데 일찍 마감하고 PC방에나 가서 놀아야겠다."

PC방 갈 생각에 서둘러 정리를 하고 매장을 나오고 있는 공수의 등 뒤에서 익숙한 목소리가 들렸다.

"어? 끝났어요?"

인기척에 놀란 공수는 아까 마이콜이 앞에 있어 또 한 번 놀랐다.

"네. 어쩐 일로⋯."

"어쩐 일이라니요? 당연히 커피 마시러 왔죠."

연이어 나타나는 마이콜에 공수는 살짝 짜증이 나려했다.

"하하. 농담이에요. 농담!"

마이콜은 웃으며 손에서 책 한 권을 공수에게 건넸다.

커피 마리서 온 게 아니어서 다행이라고 생각했지만 공수는 마이콜이 왜 자신에게 책을 주는지 그 이유를 몰랐다.

생글생글 웃으며 안경을 고쳐 쓰고 있는 마이콜을 멀뚱멀뚱 쳐다보며 공수는 말했다.

"이, 이게 뭐죠?"

"보면 몰라요? 책이잖아요. 책! 제가 잘 모르는 사람한테 책 선물하는 취미가 있거든요. 하하!"

"아니. 왜 이런 취미를⋯."

"이런 취미라니요! 남의 아름답고 숭고한 취미를!"

"아! 죄송해요. 이런 거 남자한테 처음 받아서요. 하하!"

"그렇죠? 흔한 경험은 아닐 겁니다. 그것도 남자한테. 하하!"

공수는 정석에게 멋쩍은 미소만 지어 보였다.

"아! 혹시 오늘 시간 괜찮으시면 제가 하는 독서 모임에 가 볼래요? 여기서 멀지 않아요!"

"모임이 독서 모임이었나요?"

"맞아요. 저도 이 시점에 말하는 게 좀 이상하긴 한데 지금처럼 시간 있을 때 한 번 와 보는 게 좋을 것 같아서요."

공수는 '이상한 곳은 아닐까?' 하는 생각에 선뜻 가보겠다는 말이 나오지 않았다.

"그런 곳은 책 많이 읽는 사람들만 모이는 거 아닌가요?"

"절대 그렇지 않아요. 우리 모임은 책을 많이 읽는 것보다는 책을 가까이 하자는 모임이에요. 책 한 권 제대로 못 읽는 사람도 얼마든지 함께 할 수 있어요."

마이콜이 생각보다 끈질기다는 느낌이 들었다.

동시에 '책 선물도 그렇고 오늘 나에게 의도적으로 나쁜 마음을 먹고 접근한 건 아닐까' 하는 생각에 공수는 불안했다.

이런 공수의 마음을 알아차렸는지 정석은 말을 이어나갔다.

"음…. 혹시 불안해하실까 봐 미리 말씀드리는데요. 저 이상한 사람 아니고요. 우리 독서 모임 하는 곳 바로 길 건너에 파출소가 있어요. 이상하다고 생각하시면 신고하시면 됩니다. 하하! 부담스러우시면 모임은 참석 안 하셔도 돼요.

강의실 밖에 책들도 많으니까 아무 때나 오셔서 책 읽으셔도 상관없어요. 그리고 커피랑 음료수도 있는데 전부 공짜!"

공수는 생각보다 모임 장소가 크다는 생각이 들었다. 동시에 외부인에게도 공개된 장소이고 책과 음료가 공짜라면 알아둬서 나쁠 건 없다는 생각이 들기 시작했다.

'에잇! 그래! 한 번 가서 보고 이상하면 바로 나오자.'

"그래요. 한 번 구경 삼아 가 볼게요."

"잘 생각하셨어요. 그러고 보니깐 우리 통성명도 안 했네요? 좀 늦은 감이 있지만 추정석이라고 합니다."

공수는 통성명 이후로 더 이상 주말의 남자 마이콜을 마이콜로 부를 수 없다는 생각에 아쉬움을 느꼈다.

"네. 저는 17살 박.공.수라고 합니다."

정석은 또박또박 발음하는 공수의 모습을 보고 웃으며 말했다.

"네. 저는 추정석이라고 해요. 나이는 28살."

"우와! 28이라고요? 굉장한 동안이시네요."

공수는 마이콜이 생각보다 나이가 많아서 놀랐다.

"네. 제가 좀 어려 보이긴 합니다. 하하!"

"저는 많아 봐야 5살 정도 많은 형이겠지 생각했는데!"

"이거 너무 비행기 띄워주신다. 도중에 떨어뜨리기 없기!"

"하하! 그럼 앞으로 형이라고 부를게요. 말씀 편하게 하세요."

"에이. 그래도…, 다음에 만나면요."

"그냥 말 편하게 하셔도 괜찮은데."

형이라고 부르며 살갑게 다가오는 공수가 정석도 싫지는 않았다.

"그런데 공수 씨. 아까 좀 웃겼어요."

공수는 정석이 그럴 줄 알았다는 듯이 확신에 차 대답했다.

"제 이름 때문이죠!"

"네! 맞아요! 누가 보면 아나운서 지망생인 줄 알겠더라고요."

"제 이름이 공수인데 잘못 발음하면 꼼수로 들리거든요."

"아…, 정말 그렇겠네요."

"그래서 이름을 말할 때는 정확하게 말하는 버릇이 생겼어요."

"어렸을 때 꼼수라는 이름으로 놀림 많이 당했나 봐요?"

"지금도 놀림 당하는데요 뭐."

"아하하하!"

"형. 그 독서 모임은 재미있어요?"

“재미있다기보다 모임이 질리지가 않아요. 하하!”

“그런 독서 모임은 미리 책을 읽어와야 하는 건가요?”

“읽으면 좋은 거지 꼭 그렇지는 않아요.”

“형. 저는 솔직히 책이 좋다고 말하지만 그렇게 입을 모아 좋다고 하는 이유를 잘 모르겠어요.”

“오. 왜요?”

“아니 그렇잖아요. 영어 단어 하나 외우고 스펙에 필요한 자격증 따고 점수 올리는 게 더 중요하지 한가롭게 책만 읽을 수는 없잖아요. 그렇다고 제가 책을 많이 읽어서 이러는 건 아니에요. 저 책 거의 안 읽어요. 하하!”

정석은 공수의 말에 빙그레 미소를 띠며 말했다.

“네. 맞아요. 하지만 지금은 반만 맞아요!”

공수는 정석의 선문답 같은 대답 더 이상 말을 하지 않자 답답해지기 시작했다.

“그러니까 반만 맞는다는 게 무슨 뜻이에요? 아. 무슨 대답이 그래요? 제대로 좀 얘기해 줘요.”

정석은 공수의 반응이 재미있다는 듯이 계속 미소 지으며 말했다.

“사람은 책을 읽으면 그 인생을 조금 더 발전시킬 수 있다는 말 들어봤죠?”

“들어봤지만 솔직히 안 믿어요. 아니 안 믿겨져요!”

“네. 그럴 거라 생각했어요. 하지만 한 번 생각해 봐요. 누구나 쉽게 구할 수 있고 인생의 지혜와 자신이 생각했던 그 무언가를 이룰 힌트를 얻을 수 있는 것이 책 말고 또 있나요?”

"형. 그래도 책을 읽었다고 머리에 그 책의 내용이 선명하게 남아있는 건 아니잖아요."

억울하여 하소연하는 듯한 공수의 질문에 정석은 미소 지으며 말했다.

"공수씨. 독서한다는 것이 교과서 보며 공부하겠다는 뜻은 아니에요.

지금 당장에는 책의 내용들이 기억나지 않고 삶에 큰 도움을 주지 못하더라도 차곡차곡 쌓이다 보면 그것은 지식을 넘어 지혜가 됩니다."

공수는 정석의 말이 한 편으로 이해가 가면서도 여전히 쉽게 와 닿지는 않았다.

주거니 받거니 이야기하는 사이 둘은 어느새 독서 모임 장소에 도착했다.

"이 건물 5층입니다."

"새찬 빌딩? 이름이 멋지네요."

"그런가요? 내꺼 아니라 패스!"

공수는 피식 웃으며 정석과 함께 5층으로 올라갔다.

엘리베이터 문이 열리자 정면에 사무실 같은 공간이 보였고 벽에는 '다름 센터'라는 간판이 붙어 있었다.

"다름 센터? 형. 그냥 몇 명만 모여서 모임 갖는 줄 알았는데 아닌가 봐요?"

공수는 사업체로 운영되는 모임이라는 생각이 들자 처음 생각했던 '불법 다단계는 아닌가?'라는 불안한 생각이 다시 들기 시작했다.

"응. 뭐. 그것도 맞긴 하죠. 일단 한번 들어와서 보세요."

'다.름.센.터… 너와 나는 다르다는 건가? 아니면 우린 다르다는 뜻인가?'

공수는 계속 낯선 환경이 어색했다.

사무실 안으로 들어서자 정석의 말대로 사무실 절반을 채울 정도의 책들이 가득했다. 다른 한 편엔 커피 자판기와 음료들이 마련되어 있었다. 특이한 점은 책들과 음료들 중간 중간에 메모해 놓은 글이었다.

- 여기 있는 책들과 음료는 누구나 마음대로 이용하세요. 무료입니다. -

사무실을 훑어보는 공수를 바라보며 정석은 어깨에 힘을 주며 말했다.

"어때요? 내 말 틀리지 않죠?"

"네. 정말 그러네요?"

"어? 그런데 작가님이 어디 계시지?"

"누구요?"

"아~여기 다름 센터를 운영자이시며 모임의 리더에요."

공수는 이런 곳을 운영하시는 사람은 어떤 사람일까 궁금해졌다.

"정석이 왔구나!"

변 작가는 강의장 책상에 쪼그려 앉은 채로 정석을 반겼다.

"어? 작가님! 거기 계셨던 거예요?"

"응. 며칠 전부터 한쪽으로 기울어서 책상 균형 좀 맞추고 있었
지."

변 작가는 네모나게 여러 번 접은 신문을 책상 한쪽 귀퉁이에
끙끙거리며 밀어 넣고 있었다.

"새로 하나 구입하시는 게 어때요?"

"이 정도로 새로 사는 건 아깝지. 다 됐다!"

쪼그려 앉아 있을 땐 몰랐는데 허리를 펴고 일어선 변 작가는
검은 피부에 빵빵한 볼살과 그냥 봐도 임신 8개월은 돼 보이는 배
나온 동네 아저씨였다.

책을 많이 읽어 스마트하고 세련된 이미지로 이곳을 운영할 거
라는 공수의 생각을 완전히 깨버렸다.

"작가님. 이쪽은 우리 모임 궁금하다고 해서 제가 오늘 특별히
모셨습니다."

"안녕하세요. 박.공.수라고 합니다."

정석에게 소개할 때처럼 공수는 또박또박 정확한 발음으로 자
신을 소개했다.

"반가워요! 저는 변달인이라고 해요. 편하게 변 작가라고 불러
주세요."

변 작가는 무표정한 표정을 하고 있었지만 공수는 자신이 인사
한 뒤로 계속해서 입술이 씰룩 거리는 걸 보아 웃음을 참고 있다
는 걸 느꼈다.

"제 이름이 잘못 발음하면 꼼수로 들려서 정확하게 말씀드린
겁니다."

"하하! 그래요. 그나저나 정석과 꼼수라… 뭔가 느낌 있는데?

나만 그런가?"

정석과 공수는 서로를 바라보며 "아"하는 작은 탄성이 나왔다.

"공수씨. 대충 보시면 알겠지만 이곳에서 독서 모임도 하고 강의도 진행하는 곳이에요.

공수씨는 그냥 도서관이다 생각하고 오셔서 책보고 가시면 됩니다."

"네."

공수는 이름에 걸맞은 센터 소개를 기대했었지만 짧은 변 작가의 센터 소개에 조금은 아쉬움을 느꼈다.

"공수씨는 혹시 책 좋아하세요?"

"아니요. 책이 좋은 줄은 알죠."

"그렇죠. 그럼 독서는 뭐라고 생각하세요?"

그냥 얘기하듯 갑작스럽게 던지는 변 작가의 질문에 공수는 당황하지 않을 수 없었다.

"음. 인생의 나침반? 인생의 길잡이? 좋은 스승? 뭐 이런 말들이 생각나기는 하지만…, 솔직히 저는 잘 모르겠네요."

얼버무리는 대답에 미소 지으며 변 작가는 공수에게 말했다.

"하하! 그렇군요. 공수씨. 그냥 재미있고 마음 편하게 읽으시면 그만입니다."

공수는 책은 많이 읽어야 하고 열심히 읽어야 한다는 답변을 예상했는데 변 작가의 뜻밖의 대답에 의아했다.

"작가님. 저 궁금한 거 있는데요."

"네. 말씀해보세요."

"저는 솔직히 책을 왜 읽는지 모르겠어요. 많이 읽지도 않지만 읽어도 별로 기억에 안 남아요. 읽더라도 스펙을 쌓기 위한 책을 읽는 게 맞지 않나요?"

공수는 그동안 갖고 있던 책에 대한 생각을 변 작가에게 하소연하듯 말하기 시작했다.

"습관을 바꾸고 인생을 바꿀만한 책을 만났다는 사람들은 전부 외계인 같다는 생각까지 해요. 책을 읽어서 생각이 달라지고 행동이 바뀐다는 말이 뻥 같거든요."

"네. 저도 한때 그랬어요. 공감합니다."

변 작가는 이해한다는 눈빛을 공수에게 보내며 말했다.

"공수씨. 혹시 콩나물 키워보셨어요?"

공수는 변작가의 뜬금없는 콩나물 질문에 맥이 풀리는 것 같았다.

"네? 아.아뇨! 예전에 할머니께서 키우시는 건 봤어요."

"아! 다행이네요!"

"뭐가요?"

"제가 하는 말 공감하실 수 있을 것 같아서요."

공수는 변 작가가 무슨 말을 하고 싶은 건지 궁금하기 시작했다.

"공수씨. 콩나물시루에 콩나물이 있습니다. 거기에 물을 부으면 어떻게 되는지 아세요?"

"그대로 물이 빠지죠."

"네. 맞아요. 콩나물시루에 물을 부으면 그대로 물이 빠집니다."

공수는 너무 당연한 걸 얘기하는 변 작가의 말이 허무하다 못해 지루하게 느껴졌다.

"하지만 콩나물은 자랍니다. 매일같이 물을 부으면 물이 전부 빠지는 것 같지만 콩나물은 자라요. 공수씨. 독서도 마찬가집니다. 책을 읽었기 때문에 기억에 남아야 할 것 같지만 책을 덮으면 기억에 남는 게 별로 없지 않나요?"

"네. 맞아요!"

공수는 언제 그랬냐는 듯이 격한 공감을 변 작가에게 보냈다.

"책 내용이 기억이 잘 안 나도 그것들이 조금씩 나의 생각의 폭을 넓혀주는 훌륭한 도구가 되어 줍니다. 다시 말해 책은 세상에서 가장 조용하고 강력한 변화의 도구라고 할 수 있는 거죠."

'아…생각의 폭.'

"책에서 힘을 주는 글들은 마음속 깊은 곳에 있다가 어렵고 힘든 상황에 놓였을 때 고개를 들고 우리에게 큰 힘을 보내주죠. 그래서 책을 읽는 사람은 성장합니다. 이게 바로 책의 놀라운 힘이죠."

"그렇지만 작가님. 저는 책을 읽으면 왜 성공하는지 잘 와 닿지 않아요.

책을 읽는다면 차라리 교과서나 전문서적이 더 낫지 않을까 생각해요.

그리고 다른 친구들은 공부하기 바쁜데 저만 한가롭게 책 읽을 수는 없잖아요."

공수의 질문에 변 작가는 빙그레 미소를 지으며 말했다.

"맞아요. 저는 공수씨가 공부하지 말고 책만 보라는 건 아니에요.

사람은 누구에게나 자신만의 본분이 있어요. 학생은 학생으로
서 지켜야 할 본분이 있어요. 그게 공부죠. 학생으로서 공부하는
것은 당연해요."

"그럼 책은요?"

"스마트폰이나 PC방 가는 시간을 조금만 줄여도 공수씨가 독
서할 수 있는 시간은 충분히 있어요. 다시 말씀 드리지만 책만
보지 마세요. 다만 낭비되고 있는 시간을 줄여서 책을 읽으세
요."

공수는 뻔한 듯한 변 작가의 이야기지만 묘하게 빨려 드는 걸
느꼈다.

변 작가는 갑자기 재미난 기억이 떠올랐는지 웃으며 공수에게
말했다.

"공수씨! 그런데 예전에 정석이에게 독서가 뭐냐고 물어봤는데
정석이가 뭐라고 했는지 아세요?"

그동안 옆에서 변 작가와 공수의 얘기를 듣고 있던 정석은 팔
까지 휘저어가며 변 작가의 말을 가로 막기 시작했다.

"에이~ 작가님. 그만하세요."

"책은 밥이다! 라고 했어요. 밥이래요! 밥! 매일 먹어야 한다고
밥이라고 하더라고요."

"그때 얼마나 웃기던지 정말 많이 웃었던 거 같아요. 하하하!"

"왜요? 좋은 거 아닌가요?"

"좋죠. 하지만 책 한 장도 안 읽게 생긴 사람이 진지하게 '책은
밥이다'라고 얘기하니깐 너무 웃기더라고요. 지금 생각해도 웃
겨요. 하하!"

그때 일이 생각났는지 정석은 얼굴이 빨개지기 시작했다.

"그래도 우리 센터에서 정석이만큼 책 읽고 실천하는 사람 없고 변화된 사람도 없어요."

"작가님. 병 주고 약 줘 봤자 이미 늦었어요."

"하하. 웃자고 한 소리였어. 하지만 너만큼 변화와 발전을 이룬 사람은 우리 센터에 없는 건 사실이잖아. 그리고 정석이 네가 앞으로 공수씨 책 읽는데 도움을 주면 되겠다. 어차피 너 개인 미션도 있잖아."

"네. 그러려고요."

"공수씨. 책 읽으면서 궁금한 거 있으면 정석이에게 물어보세요. 잘 알려줄 겁니다."

공수는 변 작가가 말하는 정석의 개인 미션이 뭔지 궁금했지만 형만의 비밀이지 않을까 해서 물어보지 않았다.

정석과 변 작가의 만남을 뒤로하고 공수는 먼저 센터를 나섰다.

집으로 걸어가는 중에 공수는 변 작가가 했던 말들을 생각해 보았다.

'콩나물은… 그래도 자란다.'

Part 2

공자가 말했다.
"힘이 부족한 사람은 중간에서 힘이
다하여 주저 않는 수가 많다.
그런데 너는 출발부터 자기는 힘에
부쳐서 가지 못한다고
떠나기조차 하지 않는다.
이것은 좋지 못한 습성이다."

PC방에서 얻은 깨달음

"공수야. 원두 좀 가져와서 채워 넣어라."

오늘따라 매장에는 유난히 아침 손님이 많았다.

"사장님. 오늘 원두 주문해야 할 것 같아요. 컵도 주문해야 하고요."

"그래. 오후에 주문하마."

밀려드는 손님 덕분에 사장님 얼굴표정이 밝았지만 공수는 아침부터 얼굴에 땀이 맺히기 시작했다. 출근시간을 훌쩍 넘어서야 커피를 기다리는 사람들의 줄은 줄어들기 시작했다.

"사장님. 저 화장실 좀 다녀올게요."

"응. 그래라."

오전 내내 기계적으로 커피만 뽑던 터라 화장실 갈 여유도 없었다.

화장실에 들어선 공수는 비로소 여유가 느껴지기 시작했다.

"도대체 커피가 뭐가 좋아서 아침부터 마셔대는 거야. 그냥 출근들이나 하지."

공수는 아침부터 바쁜 게 억울해 볼멘소리가 새어 나왔다.

오전이 정신없던 터라 평소 보다 퇴근 시간이 빨리 찾아온 것 같은 기분이 들었다.

퇴근준비를 하던 공수는 앞치마에 넣어뒀던 휴대폰에서 진동이 느껴졌다. 같이 PC방 가자는 민국의 문자였다.

공수는 아침부터 바쁜 것에 대한 보상을 해줘야겠다는 생각에 서둘러 답장을 보냈다.

매장을 나온 공수는 민국에게 커피를 주며 말했다.

"오래 기다렸냐?"

"널 기다리는 10분이 10년 같았어."

"뻥 치시긴! 침이나 좀 바르고 말해!"

"너 말고 커피 인마!"

"헐…대박!"

민국은 커피를 한 모금 마시며 말했다.

"앞으로 나 만날 땐 이런 커피 하나씩 만들어서 가져다주고 그래라 인마. 아깝냐?"

"응. 너 줄 땐 아까워."

"콜록! 콜록! 야. 나 방금 뿜을 뻔했어!"

"왜? 형이 만들어준 커피가 고마워서 목이 메이냐?"

"헐.됐고! 얼른 PC방 가자. 나 현질 했다!"

민국은 히죽거리며 말했다.

"진짜?"

"응. 렙업을 위하여! 오늘 다 죽었어!!"

PC방에 도착하자 민국은 공수에게 결의에 찬 모습으로 말했다.

"야! 집중해. 내가 오늘 이것들 아이템 빨이 뭔지 보여주겠어!"

"오키!"

한참을 민국과 게임을 하던 공수는 잠시 쉴 겸 인터넷 창을 띄웠고 포털 메인 기사에 눈을 돌렸다.

'뭐야? 꼬마 사업가?'

야구 경기장에 응급 처치를 할 수 있게 밴드나 구급약을 구입할 수 있는 자판기를 만들어 사업을 하는 꼬마 사업가라는 기사였다.

처음에는 호기심으로 시작한 작은 아이디어를 실행에 옮겨 이제는 웬만한 중소기업 못지않은 회사로 자리매김했다는 기사였다.

'와…대박! 부럽다. 나보다 어린데 벌써 사장님이라니. 장난 아닌데?'

"야. 민국아! 이거 봐봐!"

공수는 민국이 보기 좋게 모니터 돌려주며 말했다.

민국은 하던 게임에 눈을 떼지 않고 입만 움직이며 말했다.

"뭔데?"

"11살짜리 꼬마가 아이디어 하나로 벌써 사장님 된 기사야."

"에잇! 난 또 뭐라고. 그런 건 혼자 못해! 부모가 돈이 많았겠
지! 넌 순진하게 그걸 다 믿냐?"
"에잇! 때묻은 새끼!"
민국은 공수가 뭐라 말하든 말든 자신의 모니터를 바라보며 연
신 키보드를 두들겨 댔다.

- 저도 알아요. 제가 회사를 운영하기엔 너무 어린 나이라는
걸. 하지만 저는 제가 좋아하고 재미있는 일을 할 뿐이에요. 그리
고 이 일이 저는 정말 즐거워요. -

다른 나라에 살고 재미있는 일을 찾아 하루를 살아가는 어린
꼬마 사장에게 부러움과 질투가 나기 시작했다.
'아직 어린데…진짜 부럽다.'
기사 하단에는'꿈과 희망의 전도사'라는 제목에 연관 기사가
반짝이고 있었다.
클릭하자 두 팔과 다리가 없는 남자의 이야기였다.
'어쩐지 어디서 좀 본 얼굴인 것 같더라니. 이 사람 꽤 유명한
것 같던데.'
공수는 이런 저런 이야기들을 담고 있지만 별로 눈에 들어오지
않자 마우스 휠을 사정없이 돌리기 시작했다. 화면 마지막까지
스크롤이 내려오자 굵은 글씨로 한 마디가 적혀 있었고 기사는
끝이 났다.

- 나다운 게 좋은 겁니다. 그것이 당신의 능력이고 살아가는 힘

이 될 것입니다. -

　짧은 한 마디였지만 힘이 느껴졌다.
　공수는 갑자기 민국에게도 기사에 있던 질문을 해보고 싶어졌다.
　"민국아. 넌 너다운 게 뭐라고 생각해?"
　민국은 머리를 아예 모니터에 넣다시피 하며 연신 키보드를 두들기며 말했다.
　"미친놈아! 말 시키지 마. 지금 다 죽게 생겼어!"
　공수는 민국의 모니터를 빼꼼히 들여다봤다. 용을 닮은 괴물과 싸우고 있는 민국의 캐릭터는 에너지가 거의 바닥이라 민국의 말처럼 곧 죽게 생겼다.
　'나다운 걸 찾는다?'
　공수는 다시 모니터 속의 기사를 읽으며 말했다. 기사의 내용처럼 나다운 모습으로 살아간다면 어린 꼬마 사장처럼 될 것 같았다. 짧은 상상이지만 가슴이 설레기 시작했다. 휴대폰을 보니 학원에 갈 시간이라 상상을 멈췄다. 하지만 하고 싶고 의미있는 일을 찾아 한다면 삶이 만족스러울 것 같았다.
　"민국아. 그만 가자."
　"나 안가."
　"왜? 학원 쨀려고?"
　"이것들 다 죽이기 전에는 안 가. 그리고 지금 이거 길드전이야."
　공수는 이렇게 공부 안하는데 시험 성적은 좋은 민국을 보며 신기하다는 생각을 했다.

"넌 공부도 열심히 하지 않는데 시험 성적은 왜 그리 좋냐?

"형은 천재니까!"

"띄워주니까 좋냐? 진짜 학원 쨀 거야?"

"그렇다니까. 안 가!"

"갈 때 같이 가자."

"안 간다니까!"

"혼자 가기 심심해서 그래. 같이 가자."

"꺼져! 너 혼자 가!"

공수는 머리를 거북이처럼 빼고 게임을 하는 민국의 모니터를 보며 말했다.

"어차피 다 죽게 생겼어. 그냥 놔둬도 죽겠네!"

"꺼져~미친놈아!"

공수의 회유책에도 민국은 결국 PC방에 남았다.

민국의 영향 탓인지 공수 역시 학원가는 길이 귀찮게 느껴졌지만 나답게 살아가야 한다는 말과 어린 나이에 사장이 된 꼬마 이야기가 머리를 맴돌기 시작했다.

'나답게 살기…, 하~ 어떻게 나답게 살라는 거야? 뭘 해야 할지도 모르겠구만!'

기준을 세우다

잠이 오질 않았다.

이미 자야 할 시간이 훌쩍 넘었지만 오늘따라 쉽게 잠들지 못했다.

공수는 오늘 PC방에서 봤던 기사로 복잡한 마음이었지만 싫지 않았다.

문득 얼마 전 변 작가가 했던 말이 떠올랐다.

'생각의 폭. 그리고 책? 그래 한번 해 볼까?'

아침이 밝았지만 책에 대한 생각이 끊어지지 않았다.

독서는 누구나 중요하다고 말하고 특히 대입 논술에 있어서 꼭 필요하다고 사람들이 침이 마르도록 했던 말들이 생각났다.

공수는 아르바이트 나갈 준비를 하며 계속 독서와 변 작가가 말했던 '생각의 폭'을 생각했다.

"벌써 나가는 거야? 오늘은 일찍 가네?"

"네. 그냥 오늘은 좀 빨리 가려고요."

"뭐라도 좀 먹고 나가지 그래."

엄마는 아침도 거르며 출근 준비하는 공수가 안쓰러운 듯 말했다.

“괜찮아요. 가서 매장에 있는 샌드위치 먹을래요.”

밤새 잠을 제대로 못 자 피곤할 법 하지만 오히려 기분은 상쾌했다. 공수는 변 작가가 말했던 세상에서 가장 강력하고 조용한 변화를 이룰 수 있는 도구에 대해 다시 생각했다.

‘그래 책 읽는 건 사실 그렇게 힘들이지 않고도 할 수 있는 거잖아? 좋았어! 해 보는 거야. 앞으로 인간 박공수 독서에 한 번 빠져 보겠어!’

공수는 자신을 믿어 보기로 했다. 발걸음에 힘이 실리는 것 같았다.

손에든 휴대폰이 울리기 시작했다. 정석에게서 온 문자였다.

“학교 가냐?”

“네. 맞아요.”

“나도 학교….”

“학교? 이 아침에 학교를 왜요? 형 다녔던 대학교?”

“아니. 나도 다시 학교 다니고 싶다고! ㅋㅋ”

“헐….”

“모닝 문자 날렸을 뿐인데. 대어 낚았네! ㅋ”

“대박… 뭥미?”

“암튼 공수야. 책 읽다가 하고 싶은 얘기나 궁금한 점 있으면 언제든 물어 봐.”

“네. 형. 그렇게 말해주니까 힘이 나네요!”

“지난번에 내가 준 책 아직 다 안 읽었지?”

“네…ㅎㅎ;”

알았다고는 했지만 부담이 느껴지기 시작했다.

'한 달에 책 한 권도 읽기 어려운데 어떻게 1주일 만에 책을 읽지?'

지금의 공수에게 1주일에 책 한 권은 큰 산과 같았다.

정석이 형이 권해서 하는 거였지만 책장이 쉽게 넘어가질 않았다.

한 권을 일주일 만에 전부 읽는다는 게 부담스러워 금세 의지가 꺾이는 것 같았다.

'아직 절반도 못 읽었는데 일주일 정말 금방 가네. 책도 진짜 재미없고… 난 이런 경제 관련된 책은 싫은데….'

공수는 휴대폰 달력을 보며 푸념하듯 말했다.

'도대체 일주일 만에 책 한 권을 어떻게 읽어?'

그 이후로도 10분 정도 참고 읽었지만 책 내용이 머리에 들어오지 않았다.

이런 저런 잡생각과 함께 도무지 이해가 가지 않자 졸음만 올 뿐이었다.

공수는 억지로 참아가며 책을 읽었지만 결국 5분을 넘기지 못하고 책을 덮고 말았다.

'모르겠다! 오늘은 그냥 자자.'

그렇게 일주일을 노력했지만 결국 반도 못 읽고 정석을 만나기로 한 날이 다가왔다.

아르바이트가 끝난 공수는 지하철 근처의 패스트푸드점으로 향했다.

"공수야! 여기야!"

"어! 형. 빨리 나와 있었네요?"

"응. 조금 빨리 나왔지. 네 결과가 궁금해서. 흐흐!"

정석은 공수의 결과가 궁금했던지 한껏 들떠 있었다.

"한 권 읽어오라고 해서 놀랐냐?"

공수는 가방에서 정석이 준 책을 꺼내며 푸념 섞인 투로 말했다.

"형. 저 나름대로 최선을 다해 읽었지만 반 밖에 못 읽었어요."

"우선 먹어. 내가 그냥 햄버거 세트 샀어."

"네. 잘 먹겠습니다."

먹성 좋게 햄버거를 먹는 공수를 바라보며 정석은 웃으며 말했다.

"한창때라 그런가. 잘 먹네!"

"햄버거 좋아해요."

정석은 햄버거를 먹고 있는 공수를 흐뭇하게 바라보며 말했다.

"공수야. 난 어차피 다 못 읽을 거라 생각했어."

어차피 못 읽었을 거란 정석의 말에 공수는 햄버거를 삼키다 말고 볼멘소리로 말했다.

"네? 실패할 거라고 생각했었다고요? 그럼 뭐 하러 읽으라고 했어요. 어차피 못할 거!"

"부담 가지지 말고 그냥 한 번 읽어 보라고 말했잖아. 그래도 그만하면 잘했어."

공수는 정석의 생글생글 웃어가며 말하는 모습에 약이 오르면서 힘이 빠지는 걸 느꼈다.

정석은 이런 공수의 마음을 아는지 모르는지 계속 말을 이어 나갔다.

"뭐든 처음엔 다 어려워. 본격적인 운동을 하기에 앞서 스트레칭 했다고 생각해."

공수는 일주일 동안 재미없는 책을 읽은 것이 억울했다.

"에이… 뭐야."

생글생글 사람 좋은 웃음을 지어 보이며 말하는 정석을 보며 공수는 딱히 뭐라고 할 말이 생각이 나질 않았다.

"공수야. 이제부터 잠자기 전까지 한 시간은 무조건 읽고 자."

"매일 한 시간씩이요?"

"응."

"지금 책을 읽는 모든 행동을 실험이라고 생각해 봐. 변화된 삶을 위해 책 읽는 방법이 딱 하나의 방법만 있는 게 아니거든. 각자 자신에게 맞는 방법이 있어. 기계적이긴 하지만 독서 습관을 만들기 위한 워밍업이라고 생각하고 읽어봐."

공수는 매일 한 시간씩 읽는 것이 워밍업이라는 정석의 말에 '그게 말은 쉽지!'라고 말할 뻔한 걸 겨우 참았다.

"책을 읽지 않는 사람들은 고집이 있어. 다시 말해 책을 안 읽어도 될 이유를 만들어 낸단 말이야. 고집을 고치기 위해서는 기계적일지라도 한 번쯤은 이런 방법이 필요하거든."

공수는 자신 없게 대답을 했다.

"네…."

"꼼수야!"

정석은 공수를 부른 뒤 갑자기 키득 거리며 웃기 시작했다.

"왜그래요?"

"발음 주의해서 하겠다고 하는데 자꾸 꼼수로 부르게 된다? 하
하!"

"헐…."

"이 책 한 번 읽어봐."

정석은 자신의 가방에서 책을 꺼내 공수에게 내밀며 말했다.

형이 읽던 책인데 너도 읽으면 좋겠다는 생각이 들더라. 이 책
은 다 읽었는지 안 물어 볼 테니까 천천히 읽어."

"세 권씩이나… 무겁게."

공수는 책 무게를 핑계 삼긴 했지만 사실 정석이 가져온 책은
제목부터 부담스러운 경제학, 인문학, 고전 책들이라 피하고 싶
었던 책이었다.

힘들게 가져온 책을 그냥 가방에 넣기 미안해 정석이 보는 앞
에서 몇 장 넘겨 보았다.

"형. 이거 형이 읽던 책 맞아요?? 완전 깨끗한데?"

"응. 깨끗이 보는 편이라."

"새 책이라고 해도 믿겠어요."

"그렇지? 아무튼 천천히 봐."

공수는 정석이 준 책을 가방에 넣으며 '기계적으로 읽는 게 도
움이 될까?'하는 생각이 여전히 남았다. 정석과 헤어진 후 집에
돌아와 책을 꺼내 책상에 올려놓았다. 정석의 웃는 모습이 떠올

랐다.

공수는 때마침 맞춰온 정석의 문자에 놀랍기까지 했다.

공수는 책을 휘리릭 넘기며 통명스럽게 말했다.

'아…, 이 형 슬슬 압박해 들어오는 건가? 그나저나 책이 너무 재미없어. 사람들은 이렇게 재미없는 책을 어떻게 다 읽지?

그냥 보고 싶은 책 읽어도 되지 않을까? 이렇게 고민할 바에 내 스타일대로 가는 거지 뭐. 우선 그나마 제일 좋아하는 판타지 소설을 찾아서 읽어보자.'

다음날 공수는 아르바이트가 끝나고 집 근처 도서관에서 무협지와 판타지 소설 1권씩 빌렸다.

'내가 읽고 싶은 놈들로만 가져왔으니깐 적어도 지루하지는 않겠다.'

공수는 자기 직전에 잠깐씩 무협지와 판타지 소설을 읽기 시작했고 실제로 책을 읽는 동안 그다지 지루한 생각은 들지 않았다. 오히려 책장을 넘길 때마다 재미가 있었다. 페이지를 넘길 때마다 쉼 없이 벌어지는 환상의 사건들은 공수를 잠들지 못하게 했다.

'역시 내가 읽고 싶은 책을 읽으니까 재미는 있네!'

지금껏 교과서를 제외하고 1년에 책을 읽어 봤자 5권 정도가 전부였다. 그마저도 대입 논술이나 학교 선생님들의 강요에 의해서 읽은 책들이 전부였다.

　토요일이 되자 공수는 일주일도 안돼 자신이 2권을 넘게 읽었다는 것에 깜짝 놀랐다.

　물론 두꺼운 책은 아니지만 계속 이렇게만 읽으면 금방 10권 20권 읽어나갈 수 있을 것 같았다. 공수는 스스로의 선택에 뿌듯함마저 느껴졌다.

　'오케이! 내가 생각해도 괜찮은 방법인 것 같다.'

독서는 빈둥대는 거야

한가한 일요일 아침이었다.

공수는 인터넷 서점을 구경하며 읽어 볼 만한 책들을 구경하고 있었다.

인터넷 서점의 장점은 미리 보기를 통하여 대강이나마 훑어 읽을 수 있었고 무엇 보다 편하고 여유 있게 책을 찾아 볼 수 있다는 점이었다.

미리 보기를 통해 책을 읽고 있던 공수에게 휴대폰 문자 알림음이 들렸다.

정석이었다. 공수는 자신에게 관심을 가져주는 정석이 반가워 서둘러 답장을 보냈다.

"빈둥?"

"쉬는 날 TV 보는 것처럼 편하게 빈둥대면서 읽고 있다고요~ ㅎㅎ"

"오~재미있네!"

"그냥 처음에는 긴장 좀 풀면서 휴대폰으로 동영상 보는 것처럼 보려구요. ^^ 지금은 형 레벨 따라가기 어렵고…ㅋㅋ"

"하하! 그래. 잘 생각했다. 부담 없이 읽어. 힘 빼고! ^^"

공수는 형과 문자를 마치고 침대에 눕자 마음이 한결 편해진 것 같았다.

또 다시 휴대폰 문자 알림음이 들렸다. 이번엔 민국이었다.

"야. 나와라~PC방 가게!"

공수는 가장 친한 민국에게 열심히 책을 읽어 보겠다는 자신의 결정을 말할 겸 서둘러 메시지를 보냈다.

"콜!"

PC방에서 한참을 시간을 보내고 집으로 향할 때 공수는 조심스레 민국에게 말을 건네기 시작했다.

"민국아. 나 앞으로 책 좀 열심히 읽어 보려고….."

"읽어라! 근데 갑자기 웬 책?"

"책 읽어서 나쁠 것 없잖아. 그래서 열심히 좀 읽어보려고."

민국은 어이없다는 웃음을 공수에게 지어 보이며 말했다.

"근데 너 원래 이런 캐릭터 아니었잖아."

"그렇긴 한데… 나쁠 게 없으니까."

“책? 괜히 너 혼자 진지빠는 소리 그만하고 그 시간에 문제나 하나 더 풀어라. 대학은 가야 할 것 아냐. 교양으로 한 두권 읽는 건 상관없지만. 하~”

“공부를 안 하겠다는 소리가 아냐. 고등학교 졸업하고 대학가는 게 너무 뻔하고…, 그냥 그런 게 좀 싫다.”

“아우! 문학소년 같은 소리 좀 하지 마! 좋은 회사 가야지!”

“좋은 회사 가면?”

“돈 많이 받겠지! 그럼 행복해지는 거 아냐?”

“틀린 말은 아니지만 그렇게 공부하는 게 즐겁지만은 않을 것 같아서 말이야….”

“몰라 새꺄! 즐겁고 말고가 어딨어! 그냥 닥치고 공부하는 거지! 꼭 공부 못하는 새끼들이 말은 진짜 많아요!”

그렇게 민국과 티격태격하며 헤어져 기분 찜찜했지만 공수는 책을 읽어야겠다는 마음이 민국에게 표현된 거 같아 차라리 잘 됐다 싶었다.

속도가 아니라 방향이라고?

휴대폰 진동이 왔다. 정석에게 온 문자였다.

"뭐하냐?"

"친구랑 PC방에서 있다가 학원 가려고 이제 나왔어요."

"너 학원갈 시간이었구나."

"네. 왜요?"

"센터가서 책 좀 읽으려고, 너 괜찮으면 같이 가자고 하려고 그랬지."

"그럴까요? 할 일도 없는데….."

"학원 간다면서!"

"아, 오늘 땡땡이!"

"이게 까져가지고 벌써부터 땡땡이나 치고 말야! ㅋㅋㅋ."

"ㅋㅋㅋㅋㅋ"

"이렇게 같이 가는 건 바람직한 모습은 아닌데….."

"괜찮아요. 이번 한 번 만인데요 뭐."

"좋아! 그럼 가서 형이랑 놀자."

"네."

센터에 도착하자 정석은 입구에서부터 변 작가를 찾았다.

"작가님 저희 놀러 왔어요."

센터 문을 열고 들어선 정석과 공수를 보자 뜻밖의 얼굴에 반가운 기색을 보였다.

"작가님, 공수도 왔어요."

"공수씨, 잘 왔어요. 자주 놀러 오세요."

변 작가는 친근한 미소와 함께 정석과 공수에게 차를 건네며 말했다.

"오늘은 더 이상 올 사람 없을 줄 알았는데 반갑네!"

"오늘은 센터가 조용하네요?"

"공수씨는 여기 자주 안 와 봐서 잘 모르시죠? 보통 이 곳은 오전에 강의나 독서 모임, 수업이 있어 오히려 오후에는 한가해요."

"오전이라면 몇 시부터인가요?"

"7시요."

"7시부터 사람들이 모이나요? 학교도 아니고 어떻게 그렇게 모이죠? 아침에 사람들이 와요?"

"그럼요. 얼마나 열정 가득한 사람들이 오는데요."

아침 7시에 독서모임이라니…. 공수는 쉽게 이해가 가질 않았다.

"공수씨도 도전?"

"에이…, 저는 알바 때문에 힘들어요."

"하려고만 한다면 시간은 만들어집니다."

"생각해 볼게요. 그런데 작가님 궁금한 게 있어요."

"궁금한 거요?"

"음. 솔직히 저는 아직도 잘 모르겠어요. 교과서랑 문제집 보기도 바쁜데 어떻게 책을 많이 보죠?"

질문하는 공수를 보며 변 작가는 미소를 지으며 말했다.

"공수씨. 다시 말씀드리지만 공부는 학생으로서 해야 할 일이니까 열심히 하는 게 맞아요. 그리고 남는 시간이나 의미 없이 보내는 시간을 조금씩만 줄여서 책을 읽어도 충분해요. 다만 아직 공수씨가 그런 삶을 제대로 살아보지 못해서 어렵다고 생각하는 것뿐이죠."

"작가님. 그래도 공수가 1주일 만에 2권을 넘게 읽었어요!"

정석은 센터에 오면서 공수가 2권을 넘게 읽었다는 내용을 치켜세우며 말했다.

"아. 부끄럽네요. 그냥 처음이니까 판타지 소설을 읽었어요."

"대단한데요! 정석이가 판타지 소설 읽으라고 했어요?"

"아니요. 형이 시킨 건 아닌데 저처럼 책을 안 읽었던 사람이 처음부터 부담스럽게 읽을 필요가 있을까 해서 재미 위주로 읽었어요. 꼼수죠 뭐. 하하!"

공수는 멋쩍은 듯 웃어 보였다.

"꼼수. 재미있네요. 공수씨만의 새로운 독서 접근법을 알게 된 것 같아 저도 재미있네요. 꼼수인 듯, 꼼수 아닌…, 뭐 그런 거?”

“작가님. 그런데 이렇게 하는 게 잘하는 건지 모르겠어요. 저는 재미있는 책 위주로 보면 어떨까 싶어서 지금처럼 해본 건데 부끄럽네요.”

변 작가는 기분 좋게 웃어 보이며 말했다.

“하하! 그런가요? 부끄러워하실 필요 없을 것 같은데요? 꼭 남들 기준에 맞춰서 독서할 필요는 없어요. 지금은 재미 위주로 책을 본다고 그게 잘못된 독서라고 생각하거나 부끄럽게 생각하지 마세요. 운동하기 전에 가볍게 몸풀기 한다고 생각하세요. 그렇게 서서히 독서 습관이 자리잡아가는 겁니다.”

공수는 정석도 스트레칭 얘기를 했었는데 아마도 변 작가에게 듣고 자신에게 했던 말이라는 느낌이 들었다.

“정말 그럴까요?”

“첫 숟가락에 배부를 수 있나요? 남들 기준에 맞춰서 끌려 다니는 독서할 필요 없어요. 우선 결과만 보더라도 달라졌잖아요. 책을 읽고 있다는 것 자체가 큰 변화죠.”

변 작가의 조언은 공수가 그동안 읽었던 책들도 의미 있는 독서라는 생각을 갖게 만들었다.

“아! 작가님! 제 친구는 책 많이 읽어서 뭐하냐고, 한 권을 읽어도 그 책을 읽고 잘 실천하는 게 중요하다고…, 그러면서 책 많이 읽을 필요 없다고 말하더라고요.”

“그래서 공수씨는 뭐라고 하셨어요?”

“딱히 그때 뭐라고 할 말이 생각이 안 나더라고요. 맞는 말인 것 같아서요.”

"네. 그 친구분 말이 맞아요."

변 작가는 연신 미소를 지으며 말을 이어 나갔다.

"그런데 공수씨. 그렇게 말하는 사람들이 대부분 책을 거의 안 읽는 거 아세요?"

"네?"

"저는 그런 사람들의 말은 책을 많이 읽는 사람들을 시기해서 하는 말이라는 생각이 들어요."

"아…. 내가 안 읽으니까 너도 읽지 마. 이런 거요?"

"네! 그렇죠!"

변 작가는 공수의 반응에 흡족해하며 말을 계속 이어 나갔다

"스스로 책 읽지 않은 자신들을 위로하려 그렇게 말하는 것뿐이니 가볍게 생각하고 그냥 넘겨요. 크게 신경 쓰지 마세요."

"네. 고맙습니다. 작가님. 그렇게 말씀해주시니 힘이 나네요"

"작가님! 제겐 왜 이런 말씀 안 해주셨어요?"

옆에서 듣고 있던 정석이 갑자기 끼어들었다.

"너? 넌 얘기해 주기 전에 미리 알아서 다 잘했잖아."

"말해 주셨으면 더 잘했겠죠!"

"미안 기억이 잘 안 나서…, 하하! 아무튼 다음번에도 공수씨만의 독서 방법을 말해 줄래요?"

"네. 작가님. 별거 없지만 그럴게요."

"공수씨. 책은 나침반과 같아요. 방향을 잡아주죠. 책은 바로 그런 도움을 주는 아이템과 같아요. 중요한 건 속도가 아니라 방향입니다. 길을 잃기 전에 방향을 알고 가야할 길을 정확히 알고 있다면 많은 시간과 힘을 아낄 수가 있어요."

"네."

"남들보다 빠르게 목적지에 도착했지만 자신이 생각했던 그 곳이 아니라면 얼마나 힘이 빠지겠어요."

"좋은 대학, 좋은 직장이 우리가 살아가는 목표는 아니랍니다."

"작가님. 알겠는데… 또 그게 아니면 뭐죠?"

"행복이죠. 행복하지 않다면 모든 게 의미가 없습니다. 세상에 행복해지기 위한 수많은 방법 중에 독서는 가장 널리 알려져 있고 그 효과가 이미 검증되어 있죠. 행복해지기 위한 방향을 잡아주는 것이 바로 독서라는 겁니다."

공수는 뭔가에 머리를 얻어맞은 느낌이었다.

"독서는 지식만을 얻기 위한 것도 단순한 취미만도 아닌 행복해지기 위해서 하는 거였다니…."

"공수의 모습을 지켜보던 변 작가는 미소 지으며 정석에게 말했다. 정석이랑 똑같은 표정을 짓네요?

정석이도 처음에 공수씨랑 같은 표정을 지었어요."

"제가요? 형도 저랑 비슷했나요?"

"그럼요. 공수씨 보다 더 했어요!"

"에이~ 작가님은 무슨! 요즘 은근히 저 디스 하시네요?"

"하하! 내가 그랬나?"

센터를 나와 집으로 돌아오던 공수는 발걸음이 가벼웠다.

이유는 정확히 모르겠지만 책만 잘 읽어도 행복해질 수 있을 것 같았다.

공수는 중요한 건 속도가 아니라 방향이라는 변작가의 말이 가슴 안에서는 깊은 울림처럼 다가왔다.

한 장을 읽어도 읽은 것

공수는 정석이 선물해준 책을 포기하지 않고 계속 읽고 있었지만 도무지 속도가 나질 않았다. 무엇보다 재미가 없다는 게 공수의 독서 의지를 자꾸만 꺾는 것 같았다.

정석은 계속 읽다 보면 조금씩 편해지면서 어느 순간 책에 빠져들 거라 했지만 말처럼 쉽지 않았다.

판타지 소설이라도 열심히 읽어보겠다던 공수는 며칠간 아르바이트와 학원 숙제 그리고 친구들과의 약속으로 그마저도 읽지 못하자 점점 우울한 기분이 들었다.

'내 의지가 이것밖에 안됐나? 며칠이나 했다고 벌써 이러냐….'

아르바이트가 끝나자 공수는 서점으로 향했다.

서점에 가면 뭔가 새로운 각오를 가질 수 있을 것만 같아서였다.

서점에 들어서자 종이에 인쇄된 잉크 냄새와 수많은 책들이 한데 모여 뿜어내는 서점 특유의 냄새로 가득했다.

공수는 어떤 책들이 있는지 서점의 각 섹션을 돌아다니며 둘러보기 시작했다.

'대형 서점이라서 그런지 사람들이 많네.'

이 책 저 책 만지작거리며 들었다가 내려놓기를 반복했지만, 딱히 사고 싶다는 생각은 들지 않았다.

'아! 그렇지 베스트셀러를 보자!'

공수는 베스트셀러 섹션의 매대에 놓인 책을 집었다.

손에든 책을 대강 넘기며 읽긴 했지만, 딱히 계속 읽고 싶다는 생각이 들지 않았다.

'재미도 없고 벌써 지겹네. 그냥 갈까?'

공수는 마지막으로 서점을 한 바퀴만 돌다가 가보기로 했다.

이 책 저 책 두리번거리다 아동도서 섹션까지 오게 된 공수는 발걸음을 돌리려다 문득 스치는 생각이 있었다.

'잠깐만…, 어린이 책은 부담감이 없잖아? 전래 동화책 이런 거는 어렵지도 않고.'

공수는 몇 권 손에 잡히는 대로 읽어 보기 시작했다.

아이들이 읽는 책이라 그런지 쉬운 말과 그림이 들어가 있어 이해가 빨랐고 무엇보다 재미가 있었다. 아마도 재미없으면 금방 책을 덮어 버리는 아이들의 시선에 맞춘 탓인 듯했다.

내용도 많지가 않아 20분쯤 읽자 책 한 권이 거의 끝나가고 있었다.

'애들 책이라 쉽고 재미있고 값도 싸! 이거 완전 내 취향인데!'

공수는 이대로만 읽는다면 책에 대한 성취욕도 오를 것 같다는 생각이 들었다.

'아직 읽고 있는 판타지가 있는데…, 다 읽고 사야 하는 거 아닌가? 이러다 사놓고 못 읽는 거 아니야?'

잠시 고민했지만 결국 어린이 전래 동화와 만화로 된 과학 상식 책 몇 권을 구입해 버렸다.

계산을 마치고 서점을 빠져나오며 공수는 생각했다.

'그래. 잘 샀어! 내가 정석이 형이 준 책을 안 읽고 판타지 소설을 읽는 것은 무리하지 말고 내 방식대로 해보자는 거였어. 지금 이렇게 동화책과 어린이 책을 보는 것도 그렇고!'

공수는 동화책을 담은 종이 쇼핑백을 보자 웃음이 나왔다.

'남들은 어린 조카나 동생 주려고 사는 줄 알겠지? 사실은 내가 읽을 건데. 하하!'

공수는 집에 돌아와 샤워를 하는 동안에도 책에 대한 생각이 끝나질 않았다.

'맞아! 며칠 동안 독서 다운 독서를 하지 못했지만 동화나 어린이 책도 책이야. 오히려 어른들도 모르는 내용을 쉽게 풀어서 설명해줘 쉽게 알 수 있어. 그래! 너무 조급해하지 말자.'

공수는 정석에게 읽고 싶은 책을 먼저 읽어보겠다고 말한 걸 다시 한번 잘했다는 생각이 들었다.

'그래 계속 내 스타일대로 해보는 거야! 어차피 변 작가님도 내 독서 방법이 궁금하다고 했으니까. 좋아! 좋아!'

공수는 노트에 자신만의 독서 스타일을 정리해보기로 했다.

[꼼수 독서노트 1]

무협지면 어떻고 판타지면 어때?
쓸데없이 까불지 말고 내가 읽고 싶은 책 먼저 보자!

한 장을 읽어도 읽은 거다.
10장 20장 이상씩 읽는 게 독서라고 아무도 말 안 했잖아?
그럼 한 장만 봐도 독서한 거지 뭐…ㅋㅋ

아동도서 쪽팔린다 생각하지 말고 용기 내서 읽자!
팬티 입은 여자들만 있는 잡지를 보는 것도 아닌데 쪽팔린게 어딨어!
쉽고 재미있으면 그만이지 뭐! 흥!

 [한 장 정리]

1. 내가 읽고 싶은 책을 먼저 읽는다.

배부르면 아무리 맛있는 음식도 맛없게 느껴지는 건 당연하다.
책도 마찬가지다. 재미없고 어려운 책을 먼저 읽기 시작한다면 즐겁고 편해야 할 독서가 힘든 고통의 시간이 될 수 있다.
우선은 내가 읽고 싶은 책 위주로 독서를 즐긴다.

2. 독서란 한 장을 읽어도 읽은 것이다.

하루에 30분씩 이상은 읽어야 하고 한 번 읽을 때 20페이지 이상은 꼭 읽어야만 독서를 한 것이 아니다.
우리에게 몇 장을 읽고 몇 분을 읽어야 할 기준은 없다.
5분 10분 매일 읽는 것이 독서 습관을 만들기에 좋다. 다시 말하지만 한 장을 읽어도 읽은 것이다.

3. 어린이 책도 과감하게 읽는다.

다 큰 어른이 어린이 책을 읽는 것을 부끄럽게 생각할 필요가 전혀 없다.
요즘 어린이가 읽는 책의 내용은 부담도 없을 뿐더러 어른들이 봐도 전혀 이상할 게 없는 고급 정보들이 상당히 많다.
그림과 함께 읽기 쉬운 단어와 문체들은 읽는 동안 집중력을 잃지 않게 만든다.
출퇴근하면서 어린이 책을 과감하게 꺼내 읽을 용기면 당신의 발전 가능성은 무한대다.

책 같은 소리하고 있네!

"사장님. 퇴근하겠습니다."

"그래. 오늘도 고생했다. 들어가."

공수는 교통 카드 충전을 하기 위해 맞은편 편의점으로 향했다.

편의점 문을 열고 들어서자 아르바이트 여직원이 인사를 하기 시작했다.

평소 맞은편에서 오가며 눈 인사만 주고 받던 사이였지만 공수는 오늘따라 유난히 여직원의 인사가 반갑게 느껴졌다.

"교통카드 충전 해주세요."

"얼마나 해드릴까요?"

"만 원어치만 충전해주세요."

공수는 교통카드를 충전하는 동안 여직원이 덮어놓은 책에 눈이 갔다.

책 중간에 빨대를 꽂아놓은 걸 보니 공수를 보고 급하게 책갈피 대용으로 빨대를 끼워 놓은 듯 했다.

"책 좋아하시나 봐요?"

"네? 네."

수줍은 듯한 미소를 머금은 여직원은 교통 카드를 내밀며 말했다.

"다 됐습니다."

"네. 고맙습니다."

공수는 자신과 비슷한 연령대의 아르바이트 직원에게 뭔가 여운이 남는 듯 했지만 개의치 않고 편의점을 나왔다. 지하철 입구로 나오자 공수는 그간 읽은 책의 양을 정석에게 자랑하고 싶은 마음에 휴대폰을 꺼내 들었다.

"형! 저예요. 공수! 내 소식 안 궁금해요?"

"하하! 안 그래도 연락 기다리고 있었다. 그래 성과는 좀 있고?"

"놀라지 말아요! 5권 읽었고 지금 6권째 읽고 있어요."

"오! 정말이야? 일주일 만인가? 정말 잘 했다! 잘했어!"

"에이~너무 띄워주지 말아요. 판타지 소설이랑 동화책 그 밖의 얇은 책들이에요. 하하!"

"오! 동화책도 읽었어? 잘했다! 하지만 너무 재미 위주로만 읽는 건 조심해야 해."

정석의 말을 이해하지만 원래 책 자체에 흥미가 없었던 공수는 우선 책에 재미를 붙이는 게 중요하다는 생각이 들었다.

"아무튼 매일 읽는 게 중요해. 책을 만든 사람보다 책이 만든 사람이 많다고 했으니까."

"네. 알겠어요. 형."

정석과 통화가 끝나자 이번에는 민국에게 문자가 왔다.

PC방 가자는 민국의 문자는 어느 때보다 달콤했고 공수를 흥분시켰다.

한참 민국과 게임을 하던 공수는 휴대폰 시계를 보며 민국에게 말했다.

"그만 가자."

"벌써 학원 갈 시간이야?"

"응. 이제 가자."

PC방을 나온 민국과 공수는 학원으로 걸음을 옮겼다.

"너 책 열심히 읽는다며, 오늘은 어떻게 나랑 PC방에서 놀 생각을 했냐? 책 더 안 읽냐? 벌써 끝난 거냐?"

민국은 비아냥대듯 말했다.

"오늘은 너랑 놀고 싶어서 그랬지."

"그렇게 해서 언제 책 읽냐? 꼴랑 책 몇 권 읽었다고 뭐가 변하냐? 그러지 말고 그냥 영어 공부나 해!"

"됐어 인마! 응원이나 해줘!"

"이 형이 안타까워 그런다. 쓸데없이 시간 낭비하지 마! 책 읽으면 누가 알아주는데?"

"누가 알아주길 바라고 읽는 게 아니잖아 새꺄!"

"오구오구~ 우리 꼼수 화났쪄요. 그래 알아쪄요."

"어우!!"

학원을 마치고 집으로 돌아오는 공수는 속이 끓기 시작했다.

민국의 빈정거리는 말투에 속이 끓었지만 또 한편으로 오기가
생겼다.
"그래. 인간 박공수. 처음 마음처럼 한 번 열심히 읽어보고 말
하자. 정말 독서가 좋은지 나쁜지!"

아메리카노에서 싹튼 사랑

출근 시간이 지나고 점심 시간이 다가오자 조금씩 여유가 생기기 시작했다.

"사장님. 이제 좀 한가해지네요."

"그렇구나. 좀 쉬자."

"사장님, 저녁은 지금보다 더 바쁜데 저 없어서 어떻게요?"

"안 그래도 저녁에만 일하는 직원을 한 명 더 뽑으려고 생각하고 있었다."

"사장님은 좋으시겠어요."

"왜?"

"장사가 잘 돼서요."

"인마. 잘되긴… 그래도 이걸로 먹고 사니까 틀린 말은 아니다. 하하!"

"사장님. 과자 드실래요?"

"갑자기 웬 과자?"

"오늘따라 좀 한가하니까 군것질이 하고 싶어지네요. 제가 편의점에서 사올게요."

"이 자식이 사장 삥이나 뜯고 말야. 자! 이걸로 사와."

"헤헤! 감사합니다 사장님!"

김사장에게 받은 카드를 쥔 채 편의점 유리문을 밀자 공수를 알아본 여직원은 아는체하며 인사를 했다.

"안녕하세요."

긴 생머리의 동그란 눈, 오똑한 코와 귀여운 외모, 언제 들어도 기분 좋은 목소리는 공수의 마음을 흔들어놓기 시작했다.

'과자 사러 왔는데…괜히 딴 생각하지 말자!'

편의점 안을 생각 없이 몇 바퀴 돌던 공수는 대충 과자 몇 개를 잡아 계산대에 위에 올려놓았다.

"책 자주 읽으시는 것 같던데….."

공수는 애써 무심한 척하며 그녀에게 말했다.

"네?"

"아. 책 좋아하시는 것 같아 물어봤어요."

"아…, 네."

깨끗하고 선명한 음성은 공수의 마음을 흔들었다.

"네, 좋아해요. 하지만 일하면서 읽는 거라 많이 읽지는 못해요."

"그럼 독서가 쉽지 않겠네요."

"그래도 5분, 10분을 봐도 읽은 거잖아요."

그녀는 생긋 웃으며 계산을 마쳤다.

공수는 그녀에게 언제 한번 커피 마시러 오라며 무심한 듯 말한 뒤 편의점을 나왔지만 심장은 이미 펄떡이다 못해 입 밖으로 튀어 나올 것 같았다.

오후가 되자 퇴근시간이 다가왔다.

"사장님. 저 퇴근해 보겠습니다."

"그래 고생했다. 조심히 들어가."

지하철역을 나오자 공수는 바지 주머니에서 진동이 느껴졌다.

정석에게서 온 문자였다.

'이 형 아주 신났네. 내 이름이 공수가 아니었으면 어쩔 뻔했어?'

휴대폰에서는 정석이 보내주는 몇 장의 책 사진들이 올라오기 시작했다.

또다시 인문학과 고전 그리고 경제 관련 책들이 올라왔다.

공수는 읽어 보겠다는 영혼 없는 답장을 날리고 휴대폰을 집어넣었다.

책에 관심 가지고 읽기 시작한지 한 달 정도 지났지만 공수는 여전히 정석이 추천하는 책은 부담스러웠다.

'나에게 수준 높은 책은 무리다. 쓸데없이 너무 어려운 책은 보지 말자. 그보다는 5분, 10분을 봐도 책 읽은 거라는 편의점 그 애 말이 더 맞는 것 같단 말이지. 아…, 제대로 보니깐 예뻐…, 그때 남자답게 전화번호라도 물어보는 거였는데!'

공수는 용기내지 못한 것이 못내 아쉬웠다.

'그런데 남자 친구… 있을까? 있겠지? 아…. 정신 차리자!'

공수는 세차게 머리를 가로저었지만 어떤 생각을 하든 결론은 그녀 생각이었다.

다음 날 출근한 공수는 오픈 준비를 마침과 동시에 밀려드는 주문에 쉴 틈이 없었다.

11시가 되어 가자 매장은 겨우 여유를 찾아가기 시작했다.

"공수야. 은행에 볼일이 있어서 잠시 다녀오마. 금방 올게 무슨 일 있으면 전화해라."

"네. 다녀오세요."

공수는 김사장이 없는 매장을 지키며 의자에 앉아 어제 일을 되짚어 보았다.

5분, 10분을 봐도 본 거라는 그녀의 깨끗하면서도 귀여운 목소리가 계속 귓가에 맴도는 것 같았다.

'오늘 가서 남자 친구 있냐고 물어볼까? 아니, 있다고 하면 어쩌지? 없다고 하면 뭐라고 말하지? 으… 생각만 해도 떨려.'

편의점 그녀 생각에 머리는 복잡했고 가슴은 답답해졌다.

건너편 편의점을 바라보면 혹시라도 그녀와 눈이 마주칠까 쳐다보지도 않았다.

"뭐하세요!"

"헉!"

공수는 하마터면 놀라 경기를 일으킬 뻔했다.

공수의 머릿속에서 난리를 피우고 있던 편의점 그녀가 장난기 가득한 눈으로 서 있었기 때문이다.

"안녕하세요. 커피 마시러 오라고 해서 왔어요. 괜찮죠?"

"네. 네! 뭘로 드릴까요?"

"그냥 아메리카노로 한 잔 주세요. 계속 바빠 보이시더라고요."

"아…, 네."

"저 고1인데 몇 살이에요?"

"아. 저도 고1이요!"

"와! 그럼 우리 동갑이네? 친구하자!"

커피를 내리던 공수는 그녀가 조용하고 다소곳하게 생긴 외모와 달리 직설적이고 터프한 모습이 의외란 생각이 들었다.

"어. 그래…, 계산은 됐어."

"사장님한테 혼나는 거 아냐?"

"괜찮아."

"맞다! 친구로 지내자 하고 우리 이름도 모르네? 내 이름 한지혜야."

"어…, 난 박공수"

"힛! 그럼 잘 마실게."

생긋 웃어 보이며 편의점으로 돌아가는 걸 보고 공수는 지난 몇 분간의 일을 되짚어 보기 시작했다.

'목소리는 괜찮았나? 남자다웠어야 했는데…, 하필 오늘 머리에 왁스도 안 발랐는데!'

공수는 아르바이트를 끝내고 돌아가는 길이 평소와 달랐다.

지금 이 순간 공수는 어느 누구도 부럽지가 않았다. 발걸음에도 힘이 실리는 것 같았다.

바지 주머니에서 휴대폰을 꺼낸 공수는 새로 저장한 전화번호를 다시 확인했다.

'지. 혜…, 이름도 예쁘고…, 생각보다 공격적이야. 마음에 들

게!'

같은 학교가 아니라 아쉬웠지만 이 정도면 큰 성과라 생각하고 만족했다.

학원이 끝나고 집에 돌아온 공수는 오늘 읽어야 할 분량의 책을 읽기 시작했다.

'드디어 다 읽었다!'

공수는 정석이 읽어보라고 준 책을 드디어 다 읽었다.

'딸랑 3권이지만 300권을 읽은 느낌이야. 으…, 하나도 기억에 안 남지만 정말 이 악물고 읽었다!'

공수는 실제로 정석에게 받은 책을 읽다가 너무 재미없어 정신을 잃고 잠을 잔 적이 한 두 번이 아니었다.

하품과 함께 기지개를 켠 공수는 시간을 보니 벌써 자정이 넘은 시간이었다.

이제는 책 읽느라 자정을 넘기는 횟수가 점점 잦았다.

'책 읽느라 지금 시간까지 안 자다니… 놀랍다.'

공수는 아직까지도 지금 자신의 모습이 쉽게 받아들여지지 않았다.

'하~암! 오늘은 이만 읽고 자자.'

공수는 그동안 자신에게 일어났던 조용한 변화를 생각하며 침대에 누웠다.

불과 2달 전 만해도 책은 재미없고 지루한 취미생활이라고 생각했던 공수였다.

책을 읽기 시작하고 달라진 점이 있다면 집중할 것이 생겼다는 점과 뭔지 모를 자신감과 안정감이 함께 생기는 점이었다.

‘아무튼 이번 주에 신발 사야지!’

읽기 싫은 이 책을 읽는다면 그동안 사고 싶었던 물건은 사겠다고 마음먹던 공수였다.

이번 그 물건이 운동화였다.

‘운동화는 나에게 주는 선물! 훗!’

공수는 지난번에 이어 책을 읽고 느낀 점과 방법을 다이어리에 정리를 끝으로 침대에 드러누웠다.

[꼼수 독서노트 2]

하나

얇은 책만 골라 읽자.
한 권 한 권 금방 읽으니까 재미가 쏠쏠하군! ㅋㅋ

둘

서점을 가는 것도 독서다.
점점 더 책을 읽고 싶게 만든단 말야… 생각지도 못한 다양한 책들이
나와 있고 독서를 하는데 동기부여를 해준단 말이지.

셋

한 권을 읽고 그만한 보상을 해준다.
나의 꾸준한 독서를 위해 당근은 필수다!
지난달의 나와 이번 달의 나, 그리고 다음 달의 내가 힘을 합치면
못살게 없다!

 [한 장 정리]

1. 얇은 책은 독서 성취력을 높이는 방법이다.

처음 책 읽기에 취미를 붙일 수 있는 좋은 방법 중 하나는 얇은 책 위주로 읽는 것이다.

2. 서점을 가는 것도 독서다.

오직 읽는 것만이 독서의 전부라고 말하지 않는다.

서점에서 책만 구경해도 독서가 될 수 있다.

책의 제목은 그 책의 내용을 줄이고 줄여서 아주 짧은 단어 또는 문장으로 만든 것이다.

그래서 제목만 봐도 그 책의 내용을 파악하고 미리 짐작해 볼 수가 있다.

또한 서점은 어떤 종류의 책들이 인기가 있는지 알려준다. 즉, 트랜드를 알 수 있고 많은 책들의 제목을 보면서 지적 호기심과 욕구를 느낄 수 있다.

3. 한 권을 읽고 그만한 보상을 해준다.

성취력은 독서뿐만이 아니라 모든 삶의 변화에 있어 아주 중요한 부분을 차지한다.

책 한 권을 읽고 그만한 보상을 해준다면 독서 성취감을 높일 수 있다.

성취감이 올라가면 그만큼 책 읽는 습관을 더욱 탄탄하게 만들어 갈 수 있게 된다.

독서력이 약하다면 채찍 보다는 당근이 먼저다.

읽는 만큼 성공한다고?

학교는 개학을 했고 공수가 자투리 시간을 이용해 책을 읽은 지 어느덧 두 달을 훌쩍 넘기고 있었다.

"공수야. 여기!"

"일찍 나왔네요. 형."

"쥐방울만한 게 맨날 형을 기다리게 하네?"

"형. 저 180. 작은 키는 아니죠."

"쳇. 한 마디를 안 져요! 지난번처럼 햄버거 세트 시켰다."

"헤헤! 잘 먹겠습니다!"

"그래. 두 달 정도 책 읽어 보니 어때?"

공수는 햄버거를 씹고 한 손으론 감자튀김을 케첩에 찍으며 말했다.

"음. 양념 반 후라이드 반 같아요."

"잉? 그게 무슨 말이야?"

"방학 기간에는 책을 읽으면 뭔가 자신감이 생기는 것 같고 성취감도 좀 있고 그랬는데 개학하니깐 공부해야 하잖아요. 시험도 있고 나만 다른 길을 가는 것 같아서 불안하고 이상해요."

"이야. 비유가 예술인데!"

“형. 진짜에요. 마음이 반반이라니까요.”

“책은 여전히 네가 읽고 싶은 책 위주로 읽은 거지?”

“네. 아직은요.”

“그래도 포기하지 않고 계속 행동하고 있다는 것에 큰 박수를 보낸다!”

“헤헤! 고마워요.”

정석은 엄지를 보이며 공수를 칭찬했다.

“형. 솔직히 아직은 좀 불안해요. 이렇게 한가롭게 책을 읽는 게 맞는지… 교과서를 보는 것도 아니고.”

“응. 그렇지. 나도 한 때 그렇게 생각했으니까.”

“진짜요?”

“공수야. 남들도 가는 길이니까 나도 같이 발맞춰 가는 것이 정답이라고 생각해?”

”네?”

공수는 다음에 나올 정석 말이 궁금해졌다.

“꼭 그런 건 아니지만 그래도 어느 정도는 비슷해야 하지 않을 까요?”

“공수야. 네. 인생이잖아. 한 번뿐인 인생이고 남이 절대 대신 살아주지 못해. 가족이라도.”

“네… 그런데 전 원래 이런 사람이 아닌데 겁도 나고 솔직히 자 신도 없어요.”

“그럴 수 있지!”

“형도 저처럼 그랬어요'?”

“당연하지. 야. 나라고 왜 그런 거 없겠냐. 변 작가님 말씀 기억하지?”

“아… 생각의 크기?”

“그래. 생각의 크기와 조용한 변화말이야. 공수 너도 얼마든지 변할 수가 있어.”

공수는 변 작가가 말했던 생각의 크기에 대해 떠올리며 정석의 말에 귀를 기울였다.

“나라는 사람은 내가 다시 만들 수 있는 거야. 남들처럼 비슷하게 보이는 것이 행복한 삶은 아니야. 지금처럼 남는 시간을 활용해 책을 읽는 거야.”

“네.”

“그런데 너 알바는 어떻게 하고 있어? 아직도 하는 거 같던데?”

“어떻게 알았어요?”

“지난 번 퇴근할 때 너 봤는데 아는 사람이랑 같이 있어서 모르는 척 하고 그냥 지나갔지.”

“형. 주말에도 출근해요?”

“응. 가끔 급하게 처리해야 할 일들이 있을 때만.”

“저는 주말에 잠깐 할 때도 있고 그래요.”

“잠깐 할 때도 있다니 그게 무슨 말이야?”

“사장님이 주말에 심심하면 잠깐씩 나와서 도와달라고 해서요. 할 때 있고 안 할때 있어요. 그런데 한 시간만 일해도 하루 일당 줘요. 대박이죠!”

“우와! 사장님이 진짜 널 예쁘게 봤구나~!”

“제가 귀여운 구석이 좀 있죠.”

정석은 그런 공수가 귀엽다는 생각에 웃지 않을 수 없었다.

"그런데 공수야. 예외 없다."

"네?"

"성공한 사람들은 예외 없이 책을 자주 읽었다는 말이야. 아무튼 오늘은 센터에 가서 변 작가님에게 두 달 동안 꾸준히 책 읽고 있는 널 자랑해야겠다. 같이 가자!"

"에이! 무슨 자랑까지!"

공수는 특별히 시간 내서 자신을 만나주고 격려해주는 정석이 고마웠다.

"형. 그런데 궁금한 게 있어요."

"응? 뭔데?"

"형이 책을 선물로 줬을 때부터 궁금했는데… 왜 저한테 잘해 줘요? 형도 시간이 많지는 않을 텐데…."

"아… 그거… 하하."

정석은 평소와 다르게 부끄러운 듯 말을 잇지 못하고 있었다.

공수는 정석이 무슨 말을 하려고 이렇게 뜸을 들이는지 궁금해지기 시작했다.

"사실은 매월 아무 조건 없이 한 명씩 도와주는 나만의 프로젝트를 하고 있어. 그 첫 번째 시작이 공수 바로 너야."

"헉! 정말요?"

"내가 알고 있는 걸 다른 사람도 꼭 알았으면 하는 바람이 있거든. 그래서 조건 없이 도와주는 프로젝트를 하고 있지."

그제서야 공수는 변 작가가 말하는 정석의 개인 미션이라는 게 자신을 두고 하는 말인지 알았다.

"혹시 그럼 선물한 책도?"

"그건 도와준다는 것보다 그냥 네게 선물해주고 싶었어."

"잘 모르는 사람한테 어떻게 그런 책 선물을 할 생각을 했어요? 그것도 재미없고 어려운 경제 관련 책을?"

"하하하! 책이 정말 재미없었구나!"

"제겐 좀 어렵더라고요."

"솔직해서 좋다! 하하!"

정석과 공수는 센터에 도착하자 독서모임을 하는 사람들과 변 작가가 유리벽을 통해 보였다.

"오늘은 변 작가님 바쁘신 거 같은데요?"

"아냐, 우리가 조금 빨리 온 거야. 독서 모임은 곧 끝날 거야."

"형도 독서 모임 해봤어요?"

"응. 당연히 해봤지. 모임 리더로도 있었어."

"그래요? 그럼 지금은 왜 안 해요?"

정석은 공수의 질문에 부끄러운 듯 미소를 지었다.

"요즘은 조금 바빠서…."

정석은 말꼬리를 흐렸지만 처음 센터를 왔을 때 변 작가가 형만큼 책을 통해 많은 변화를 이룬 사람 없다며 했던 말이 떠올랐다.

공수는 나중에 기회 있을 때 형이 뭘 준비하고 책을 통해 어떤 변화된 삶을 살고 있는지 자세히 물어봐야겠다는 생각이 들었다.

독서 모임이 끝나자 변 작가는 마치 기다렸다는 듯이 반갑게 정석과 공수를 맞았다.

"오! 추정석이~"

“작가님. 저희 왔습니다.”

“그래. 잘 왔어! 잘 왔어!”

정석과의 인사를 끝낸 변 작가는 공수를 보며 악수를 청했다.

“꼼수씨. 반갑습니다.”

“네. 안녕하세요.”

“죄송합니다. 한 번 꼼수라는 이름으로 기억하게 되니깐 계속 꼼수씨로 부르게 되네요. 하하!”

“괜찮아요. 정석이 형도 꼼수라고 부르는데요 뭐. 하하!”

“맞다! 공수씨도 독서모임 하세요!”

변 작가의 말이 끝나자 정석이 거들었다.

“안 그래도 오늘 함께 온 이유가 공수도 독서 모임 하는 게 어떨까 싶어 왔어요.”

“그래요. 정석이도 권하는데 해보세요.”

“네? 독서모임을요?”

짧은 시간이지만 공수는 무협지와 추리소설 그리고 어린이 책들을 읽은 지난날을 떠올렸다.

“음… 아직 독서모임은 아닌 것 같아요.”

“그냥 하는 거죠 뭐. 별거 있겠습니까?”

“그래 해봐. 앞으로 책 읽는데 도움을 받을 거야.”

공수는 무협지와 추리소설만을 읽은 자신이 독서모임을 한다는 것에 부족한 느낌을 지울 수 없었다. 무엇보다 무리하고 싶지 않았다. 어렵게 만들어 놓은 책 읽기에 대한 흥미를 자칫 사라지게 할 것만 같았기 때문이다.

“음…, 아무래도 지금은 못할 것 같아요. 부담스럽기도 하고요.

모임은 나중에 필요하다고 느껴질 때 그때 할게요.”

“에이. 그냥 해보는 것도 괜찮은데….”

정석은 공수의 결정에 아쉬움이 가득했다.

“네. 아쉽지만 공수씨 뜻대로 하세요. 언제든 환영입니다.”

변 작가와의 짧은 만남을 뒤로 하고 센터를 나온 정석에게 공수는 말했다.

“형. 오늘 독서 모임 때문에 센터 간다는 말은 없었잖아요.”

정석은 특유의 사람 좋은 미소를 지어 보이며 공수에게 말했다.

“독서 모임 해보라고 말하면 너 안 한다고 할까 봐 그냥 말 안 했다.”

“이런 낚였네!”

독서 모임을 하지 않겠다는 공수를 바라보며 정석은 아쉬움 섞인 목소리로 말했다.

“아무튼 공수야. 독서 모임은 아쉽지만 책 멈추지 말고 계속 읽어봐.”

“네. 그런데 형은 책을 언제부터 읽었어요?”

“나도 책을 좋아한 지 3년밖에 되질 않아.”

“정말요? 그것밖에 안된다고요?”

“응. 놀랐어?”

“놀랍다기 보다 좀 의외라서…, 형은 아주 어렸을 때부터 책을 좋아했을 것 같아서요. 근데 3년 밖이라니….”

“내 이미지가 그랬군! 좋은 거지?”

정석은 미러 케이스로 감싼 자신의 휴대폰에 얼굴을 비춰가며 말했다.

"형은 책을 왜 읽었어요?"

공수는 자신이 생각해도 질문이 조금 어색하다는 느낌이 들었다.

"질문이 좀 이상한가? 아니, 왜 읽어야 한다고 생각했어요?"

"응. 언젠가 공수 네가 그 질문 할 줄 알았어. 하하!"

정석은 미소 지으며 공수를 바라보며 말했다.

"음. 그러니까 3년 전에 난 돈이 없었어. 사회 초년생이라 그럴 수 있지만 그렇다고 집이 부자인 것도 아니었어."

"그게 왜요?"

"들어봐. 돈도 없고 그렇다고 잘나가는 빽도 하나 없었지. 또 내가 힘들고 뭔가 일이 잘 풀리지 않을 때 조언을 구할 사람이 없었어. 한 마디로 돈도 없고 빽도 없었지."

"네…."

"돈 없고 빽도 없다면 결국 책 밖에 없다고 생각했지."

"생각 해봐. 만원 남짓한 저렴한 돈으로 얻을 수 있는 확실한 투자 수익 아니냐?

좀 더 일찍 지금처럼 책을 읽었다면 내가 우리나라 역사를 바꾸고도 남지. 하하!"

"와. 형. 훌륭한 생각을 했네요."

"하하! 그렇지? 근데 이 훌륭한 생각을 너도 지금하고 있잖아."

정석은 공수에게 엄지를 보였다.

공수는 밝게 웃는 정석의 모습에 자신도 모르게 미소가 지어졌다.

"그러니까 공수야 책 많이 봐야해. 그러려면 항상 책을 가지고 다니는 수밖에 없어. 집에서도 보이는 모든 곳에 책을 놓아 둬."

"네. 알겠어요."

"읽는 만큼 성공에 가까워지는 거야. 우리가 알고 있는 성공한 사람들은 대부분 책을 많이 읽고 노력한 사람들이야. 그 사람들의 성공에 독서가 절대적이었다는 말이야. 그러니까 책 읽는 것에 불안하거나 쫓기는 기분을 그렇게 느낄 필요 없어."

공수는 책을 말하는 정석의 눈빛은 언제나 밝게 빛나는 것 같다는 느낌이 들었다.

읽으면 비로소 보이는 것들

"**독**서 골든벨?"

민국은 현수막을 바라보며 걸음을 멈춘 공수를 재촉했다.

"뭐해! 가자!"

"민국아. 우리 동네에서 언제 이런 것도 했었냐?"

"몰라. 그냥 가!"

공수는 현수막의 참가자격을 보니 구청 관할 거주 주민이면 모두 가능하다는 걸 알았다.

"민국아. 나 저거 해볼까?"

"헐… 시험 얼마 안 남았다."

"야. 저거 우리 시험 끝나고 보름 뒤에 열리는 거야. 그리고 책도 3권만 읽으면 돼."

"미친놈. 시험공부나 해!"

공수는 길게 말하면 또 민국이 딴죽 걸겠다는 생각에 딱 잘라 말해 버렸다.

"됐고! 내가 알아서 할게!"

이해 못 하겠다는 민국을 뒤로하고 집으로 돌아온 공수는 달력을 보며 날짜를 계산하기 시작했다. 어차피 시험이 끝나고 진행

되는 대회라 전혀 문제 될 게 없었다.

똑. 똑. 똑.

"공수야."

방문에 고개만 내민 엄마는 공수를 보며 말했다.

"오늘이 어린이날인데 뭐 안 시켜 먹니? 엄마가 짜장면이라도 시켜줄까?"

"엄마는!! 내가 애야?"

"네가 그럼 애지!"

"아냐. 괜찮아요."

어린이라고 하기엔 키가 180cm고 얼굴 주변에 거뭇거뭇 수염이 자라고 있지만 엄마에게는 여전히 아이라는 생각에 공수는 웃음이 났다. 책 읽기 전에는 몰랐는데 공수는 요즘 하고 싶은 것이 많아졌다.

요리도 배우고 싶고 시인도 되어 글도 써보고 싶었다. 사업가가 되어 외국과의 무역도 하고 싶었고 심리 분석가가 되고 싶었고 유명 강사도 되고 싶었다.

예전에는 무조건 대학 그리고 회사만 생각했다면, 책을 읽고 나서는 다른 것들이 보이기 시작했다. 책에서 말하는 직업들을 해보고 싶고 이런 궁금증이 생긴 자신이 새롭게 느껴지기 시작했다.

다음날 공수는 카페에 나와 지혜를 기다리고 있었다.

"어! 지혜야. 여기야."

"빨리 나왔네?"

"나 만나려고 꾸미려다 늦었구나."

“칫. 웃기셔!”

지혜의 코웃음에 공수도 따라 웃었다.

“근데 너 독서 골든벨 준비는 잘하고 있어?”

지혜의 질문에 공수는 한숨부터 나오기 시작했다.

“에휴…, 쉽지 않네. 책을 읽을수록 내가 이렇게 책을 읽는 게 맞나? 하는 생각이 드네.”

“왜? 무슨 문제라도 생겼어?”

“아니. 문제라기 보다 그냥 독서를 제대로 하려면 어떻게 해야 할까? 하는 생각이 계속 들어서 말이야.”

“그래도 그거 긍정적인 반응 아냐?”

“긍정적?”

“그래. 예전에는 이런 생각도 안 들다가 책을 계속 읽으니까 조금 더 잘 읽고 싶은 욕심도 생겼으니까 긍정적이지.”

“그런가? 서점에서 독서법 책이 유행하던데 나도 사서 읽어볼까?”

“호호. 아마 약발이 안 받을걸?”

지혜는 웃으며 말했다.

“왜?”

“독서법에 너무 연연해 하지 마. 독서법이 있다고 해서 그 방법이 공수 네게도 통할 거라고 생각하지 마.”

“왜? 남들이 해보고 방법을 말해주는 건데.”

“어머! 공수야. 무협지나 판타지 그리고 동화책을 읽는 것도 독서법이라고 생각하지는 않아?”

“독서법은 무슨? 그건 그냥 내가 읽기 편하고 평소에 잘 책을 읽지 않았으니까 지루하지 않게 읽어 보려고 했던 거지. 난 거의 꼼수에 불과해."

"봐봐! 너만의 독서법을 벌써 만들어서 사용하고 있잖아. 그렇게 해서 지금 다른 애들보다 책을 많이 읽고 있잖아. 안 그래?"

"그건…, 그런가?"

"앞으로 책을 읽으면 읽을수록 더욱 효과적인 공수 너만의 독서법이 생기게 될 거야. 너 자신을 믿어!"

"역시 프로 칭찬러! 지혜야. 고마워."

"아무튼 독서 골든벨 준비는 어떻게 하고 있는데?"

"책을 3권 읽어야 하는데 좀 두꺼운 책이라 걱정이야. 언제 다 읽을지…."

"그럼 우선 띄엄띄엄! 읽어봐!"

"그건 뭔데? 책 본문을 띄엄띄엄 읽으라는 거야?"

"아니 그런 건 아니고 목차를 보고, 그다음 보고 싶은 것만 먼저 보라는 거지."

"그럼 내용이 연결되지 않잖아."

"소설이나 이야기 형식의 책이라면 그럴 수 있지만 목차 별로 내용이 나눠진 책이라면 띄엄띄엄 읽는 게 효과적이야."

"아…, 좋은데! 항상 책은 순서대로 읽어야 한다는 생각을 했었는데!"

"좋은 점은 지루한 부분을 만나면 가볍게 스킵 할 수 있어서 좋아."

"오. 지혜! 역시 지혜로와~"

"풋! 내가 쫌 그래."

"근데 공수야. 나 궁금한 게 있어?"

"응. 뭔데?"

"독서 골든벨을 왜 하겠다고 한 거야?"

"아. 내가 책을 열심히 읽어 보려 한다는 건 너도 알고 있지?"

공수는 스스로 생각해도 독서 골든벨 참가 이유를 말하려는 모습에 비장함이 느껴지는 것 같았다.

"응. 그건 알지."

"그런데 책을 열심히 읽는다고 했지만 솔직히 여전히 두렵고, 불안하고 그랬어. 그래서 독서 골든벨을 하면 아무래도 책 읽는 습관과 의지를 조금 더 단단하게 만들 수 있을 것 같다는 생각이 들었어. 그래서 했지."

"오. 너 쫌 멋있다."

"에이. 아니야."

"아니긴 뭐가 아니야 어깨가 10센티는 올라간 거 같은데 뭐. 호호!"

"으이구! 놀리긴!"

"근데 내가 뭐 도와줄 거 없어?"

"음. 예상 질문 좀 뽑아주면 좋은데…, 책을 3권이나 읽어야 하고 시간도 많이 걸리고 문제 뽑아달라고 하기가 미안해서…."

"그럼 내가 예상 문제 뽑아줄게!"

"아냐. 책도 사야 하잖아."

"아냐. 나 그 책 읽었는데?"

"읽었다고? 3권을 다 읽었다고?"

"응. 우연히 사서 읽은 책들이 대회 출전 준비용 책이어서 나도 놀랐어. 암튼 이 누나만 믿어!"

"응. 알겠습니다. 선배님!"

"치. 뭐야. 놀리는 거야?"

공수의 말에 지혜는 싫지만은 않았고 자신을 빤히 바라보는 공수를 보자 수줍음을 느꼈다.

"뭘 그렇게 봐? 예뻐?"

"응. 골든벨 나가서 바로 떨어지면 너 때문이야. 너가 너무 예뻐서 집중을 못하겠어."

"어우~ 느끼해! 귀에서 기름 흐르겠어."

"뭐라고? 하하!"

공수는 지혜가 있어 천군만마 같다는 생각이 들었다.

눈이 아닌 손으로 읽는다

공수는 매일같이 책을 가지고 다니라는 정석의 당부에 늘 가방에 가지고 다니게 되었다.

몸에 뭘 두르거나 손에 가지고 다니는 걸 싫어하는 공수에겐 큰 변화였다.

'거추장스러워 학원이나 학교에 가지 않을 때는 아무것도 가지고 다니지 않던 내가 책 때문에 늘 가방을 들고 다니다니…, 나도 참 많이 변했네.'

공수는 변화된 모습에 스스로 대견해 했다.

'가방을 가지고 다니면 억지로라도 책을 봐 좋긴 한데, 무겁단 말이야.

귀찮기도 하고 차라리 그냥 사진 몇 장 찍어버릴까? 그러면 무겁게 책 들고 다닐 필요 없잖아? 휴대폰 화면은 어차피 작아서 오래 못 볼거고…, 2~3장만 찍어서 딱, 그것만 보는 거야! 좋았어!'

공수는 이러는 편이 가방을 가지고 다니는 것보다 차라리 낫겠다 싶었고, 자신만의 책 읽는 방법을 하나씩 찾아가는 것 같아서 슬며시 미소가 지어졌다.

'혹시 내가 독서 방법에 있어서는 천재 아냐?'

혼자 키득거리며 웃고 있자 공수의 휴대폰이 울리기 시작했다.

'응? 모르는 번호인데 누구지?'

"여보세요?"

"꼼수야~ 형이야."

"어? 이 번호 뭐예요?"

"며칠 전 버스에서 휴대폰을 잃어버려 하는 수 없이 새로 하나 장만했다."

"그랬구나. 형 그 휴대폰도 새 것 같던데, 진짜 아깝겠다."

"새 거는 아니고 깨끗하게 사용한 거지. 내가 물건은 깨끗하게 사용하는 편이거든."

"아. 그래서 책도 그렇게 깨끗하게 보는 거죠!"

"오. 좀 예리한데?"

통화가 끝나자 공수는 새로운 정석의 전화번호를 저장하며 생각했다.

"너무 깨끗하게 읽으면 때 묻을까 봐 신경 무지 쓰이던데…, 피곤하지 않나?"

공수는 책을 자주 읽기 시작하고부터는 책을 소중히 다룰수록 그 책의 내용에 쉽게 빠져들지 못했다. 책이 깨끗하고 새것처럼 보일수록 상태를 보존해야 한다는 부담감이 생겼던 것이다. 그래서 감동이 오는 중요한 부분에는 볼펜이나 색연필로 줄을 그었다.

글씨가 없는 빈 공간에는 공수 스스로 느낀 점도 적어보기도 하며 그게 귀찮으면 그림이나 낙서를 하며 책을 읽는 순간의 감정을 표현하곤 했다.

읽다가 책을 덮어야 할 때면 책의 모서리를 과감히 접거나 페이지를 접어버리기도 했다. 이렇게 책을 아끼지 않고 보는 쪽이 기억에 더 오래 남는다는 사실을 알았다.

공수는 지금 읽고 있는 책의 접어놓은 부분을 펼쳤다.

중요하다고 생각되는 부분을 과감하게 접어놓은 부분이었다. 꿈을 찾는데 가장 도움이 되는 것을 그림으로 간단하게 말하고 있는 부분이었다.

책에 나와 있는 그림을 보며 공수는 책을 선택한 건 잘했다는 생각이 들었다.

'페이지가 많은 책이었지만 지루하지는 않고 볼만했어. 좋았어! 이걸로 또 한 권 읽었다.'

공수는 이번 달 벌써 또 한 권을 읽은 자신이 대단하게 느껴졌다.

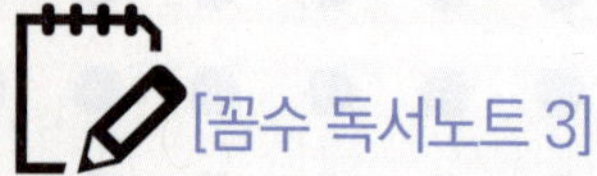 [꼼수 독서노트 3]

하나

어려운 책, 수준이 높은 책은 필요 없어!
재미도 없지만 이런 책 읽다가 금방 지친다. 내 수준엔 안 맞으니 가볍게
패쓰으~!

둘

골라보는 재미가 있다!
목차 = 순간이동(Teleport) ㅋㅋ

셋

꼭 책을 깨끗하게 볼 필요가 있을까? 중요한 건 줄도 긋고 페이지도 접고
하자.
책 수집할 것도 아닌데…영역(?)표시를 해두는 거야. ㅋㅋㅋ

 [한 장 정리]

1. 어렵고 수준 높은 책은 필요 없다!

자신의 수준에 맞지 않는 책을 읽으며 독서 습관을 만들 필요는 없다.
경우에 따라서 필요할 때가 있지만 독서 습관이 잡혀있지 않은 상태에선
더욱이 그럴 필요 없다. 자신의 눈높이에 맞는 책을 읽다 보면 조금씩 독
서 수준도 높아지기 마련이다.

2. 읽고 싶은 책, 목차부터 읽는다.

작가들이 책을 집필하면서 가장 힘들어 하는 부분 중 하나가 바로 제목
과 목차다. 독자들이 제목과 목차만 봐도 그 책이 무얼 말하려는지 알 수
있게 하기 위해서다.
읽고 싶은 책, 호기심이 가는 책은 우선 목차를 훑어 읽는다.
즐겁고 의미 있어야 할 독서가 힘든 고통의 시간으로 느껴지는 내용이라
면 가볍게 Skip!

3. 책을 깨끗하게 보려고 노력하지 않는다.

책을 깨끗하게 아끼며 보려는 것은 개인의 취향이다. 그러나 그만큼 아
껴 볼 땐 관심과 주의를 기울여 조심스럽게 책을 봐야 한다. 그렇지 않으
면 처음 의도와 달리 책에 금방 때가 묻고 모서리가 닳기 시작한다.
책을 깨끗하게 보려는 사람들은 이런 것 하나에도 신경을 쓸 수밖에 없
다. 책의 내용에 흠뻑 빠지려는 순간 깨끗하게 봐야 한다는 생각에 줄도
긋지 못하고 종이 모서리를 접지도 못한다. 줄도 긋고 종이 모서리도 접
고 읽고 있는 내용을 접어 보길 바란다. 책은 책장에 꽂아 전시하는 게
목적이 아니다.

<h1 style="text-align:right">카페는 도서관이다.</h1>

학원이 끝나고 집에 왔지만 공수는 책이 눈에 들어오지 않았다.

"아. 거의 외우다시피 해야 골든벨 울릴 수 있는데….."

중간고사 시험이 끝나자 공수는 마음이 조급해지기 시작했다.

도와주고 있는 지혜를 위해서라도 공수는 꼭 골든벨을 울리고 싶었다.

공수는 조급한 마음과 다르게 집에 들어오면 TV, 스마트폰의 유혹과 피곤함에 거의 매일 시달렸다. 그러다 보니 책 읽기가 점점 귀찮다는 생각이 들기 시작했다.

주말은 이런 증상이 더 했다.

공수는 직장인이면서 꾸준히 책을 읽고 있는 정석에게 연락해 물어봤지만, 이럴 때일수록 할 일과 계획을 세워 더 열심히 책을 읽는다는 교과서에나 나올 법한 이야기만 했다.

'아. 무슨 방법을 찾아야겠는데….'

공수는 정석의 방법이 쉽게 따라 할 수도 없었지만 인간미가 없다는 느낌까지 들어 따라 하기도 싫었다.

'어떻게 하면 좋을까? 차라리 집에 들어오지 말까? 카페에 가

서 30분이든 1시간이든 책을 읽고 오는 건 어떨까?'

공수는 사실 이 방법도 귀찮긴 했지만, 우선은 관두더라도 해 보고 그만둬야겠다는 생각이 들었다.

'그런데 카페에서 책 읽기에는 좀 시끄럽지 않을까? 에잇! 어려운 것도 아닌데. 집에서 멍하니 아무것도 안하는 것 보단 낫겠지. 일주일에 30분씩 이틀만 해도 1시간이니까 책 1/3은 읽을 수 있겠다! 좋아. 일단 내일부터 해 보자!'

다음 날 공수는 학원 끝나고 집 근처 24시 카페로 향했다.

커피를 주문하고 적당한 자리에 앉아 책을 읽기 시작하자 공수는 피식하고 웃음이 새어 나왔다. 아르바이트 하며 쉴 새 없이 커피를 뽑고 마시고 싶을 때 언제든 마실 수 있었는데 굳이 카페에 와서 커피를 돈 주고 사먹으려니 웃음이 나왔다.

'내가 돈이 아까워서라도 30분은 꼭 읽고 간다!'

그렇게 며칠만 해봐야지 하며 시작했던 것이 벌써 2주째 꼬박꼬박 카페로 출근 도장을 찍었다.

'음. 확실히 이렇게 학원이든 학교든 끝나고 카페로 와서 책을 읽는 게 귀찮긴 하지만 집으로 바로 가는 것보다 훨씬 좋네!'

이 방법이 느슨해질 수 있는 결심을 바로 잡을 수 있는 방법처럼 느껴져 좋았다.

다시 책을 읽으려 하자 휴대폰 문자음이 들렸다.

'형이 이 시간에 무슨 일이지?'

"뭐하고 있나?"
"그냥 카페에서 책 읽어요."

공수는 얼마 전에 읽은 어린이 과학책에 백색 소음에 관한 내용이 떠올랐다.

그림과 함께 쉽게 풀어서 설명하는 책이라 편하게 읽은 기억이 났다. 그 덕분에 기억에 더 오래 남는 것 같았다.

그렇게 정석과 통화가 끝나고 공수는 이런 카페 같은 분위기의 현대식 도서관이 있다면 정말 자주 갈 것 같다는 생각이 들었다.

'나중에 돈 많이 벌면 내가 도서관 하나 만들지 뭐.'

그냥 장난스럽게 뱉은 혼잣말이지만 공수는 가슴이 뛰기 시작했다.

1층에는 도서관이지만 작은 카페가 있고 2층 3층은 카페 분위기의 도서관을 만들고 싶다는 생각이 들자 가슴이 뛰고 진정이 되질 않았다. 계속되는 흥분됨을 가라앉힌 공수는 한참을 곰곰이 생각했다.

좋은 대학을 가고 좋은 회사를 가고 싶다는 생각은 많이 했었다. 그래서 돈 많이 벌고 싶다는 생각도 수없이 많이 했었다.

하지만 지금처럼 가슴이 뛰지는 않았다. 남들이 하니깐 나도 당연히 가져야 하는 것으로 생각했었다.

집으로 돌아온 공수는 설레는 마음이 진정될 때까지 도서관을 만들고 싶다는 생각을 계속 가져 보기로 했다.

다음날 학교에 왔지만 독서와 도서관이라는 생각이 온통 머리를 채우고 있었고, 공수는 여전히 가슴이 뛰는 걸 알았다.

도서관을 만들고 싶다는 것에 많은 어려움이 있을 거란 걸 알지만 우선 그런 건 생각하지 않기로 했다. 지금 공수는 여전히 가슴이 뛰게 이루고 싶은 것이 생겼다는 것만으로 기뻤다.

"꼼수. 학교 끝나고 PC방이나 갈까?"

"아니."

"왜? 가자!"

"민지랑 놀아. 넌 여자친구도 있는 놈이 왜 나랑 놀려고 그래?"

"헤헤. 민지는 PC방 싫어해."

"안돼. 나 독서 골든벨 준비해야 해."

"넌 한가롭게 맨날 무슨 놈의 책이냐? 대학 안 갈 거야?"

"그런 너는 무슨 놈의 매일같이 PC방이냐?"

"야. 그걸 지금 말이라고 하냐? 책만 보니깐 하는 소리 아냐. 공부해서 IN 서울에라도 가야 할 거 아냐."

"무슨 소리야. 나 공부도 해! 남는 시간에 책 보는 거야. 그리고 공부 잘해서 좋은 대학가는 것도 좋지만 지금 하고 싶은 걸 찾아서 노력한다면 그게 더 성공하는 거 아냐?"

"어휴. 마음대로 하세요. 나도 모르겠다."

민국이 속을 긁는 소리를 했지만 공수는 오래 생각하지 않기로 했다.

오늘 일은 내일 모레!

전 날 조금 무리하게 책을 읽은 탓인지 공수는 학교 가는 길이 평소보다 더 멀고 피곤하게 느껴졌다. 버스에 올라타자 바로 빈자리부터 확인했다.

아침 출근 시간이라 빈자리가 없었다. 다음 정류장에서 버스가 서자 마침 공수가 서있던 앞자리 사람이 내렸다.

'오예! 나이스! 나이스!'

공수는 앉자마자 눈을 감았다.

'잠깐이라도 눈 좀 붙이자.'

항상 책을 가지고 다니면서 읽으라는 정석의 목소리가 들리는 듯 했지만 무시하고 눈을 감았다.

'하…, 나부터 좀 살자. 까짓 거 내일부터 읽지 뭐.'

학교에 도착한 공수는 교실 책상에 앉았지만 여전히 피곤했다.

점심을 먹은 후 자꾸만 내려오는 눈꺼풀에 힘을 주느라 애를 쓰고 있었다.

'아. 오늘 피곤하네. 저녁에 약속도 있는데….'

학교를 마친 공수는 컨디션은 좋지 않지만 지하철에 올라탔다.

그동안 충동구매로 구입하고 몇 번 사용하지 않았던 태블릿

PC와 헤드셋을 중고로 팔기 위해서였다. 피곤해서 거래 취소하려는 마음도 먹었지만 그랬다가는 나중에 중고 거래 블랙리스트로 이름이 올라 불이익이 생길 것 같았다.

체념하고 지하철을 탄 공수는 이어폰을 귀에 꽂았다.

책을 읽어야겠다는 생각이 잠시 들긴 했지만 오늘은 아침부터 책을 읽고 싶지 않았다.

언제부턴가 남는 시간엔 책을 읽어야 한다는 생각이 들었지만 컨디션이 좋지 않은 날도 무리해서 책을 읽어야겠다는 마음은 먹지 않았다. 특히 오늘 같이 피곤한 날엔 책 읽기가 싫었다.

'피곤한 날 억지로 무리할 필요 없잖아. 가볍게 내일로 패쓰!
형은 그래도 매일 조금이라도 읽어야 한다고 하겠지?'
공수는 그런 정석을 생각하자 피식 웃음이 났다.

힘겹게 거래를 끝내고 집에 돌아가기 위해 버스 정류장으로 향했다. 지하철로 보다 시간은 더 걸렸지만 앉아 갈 수 있을 것 같아서였다. 공수는 아침부터 컨디션이 좋지 않았던 터라 버스 정류장으로 가는 동안 다리에 힘이 풀리는 것 같았다.

'아이고 힘들다! 집에 들어가면 아무것도 하지 말고 바로 자자.'

가로수에 기대 버스를 기다리던 공수는 길 건너 맞은편에 있는 대형 중고 서점이 눈에 들어왔다.

'어? 여기 올 때는 몰랐는데 중고 서점이 있었네? 이제는 인터넷 서점이 중고 서점으로도 있구나.'

공수는 인터넷 포털 사이트에서 인터넷 서점 오픈 이벤트를 한다는 광고가 생각이 났다.

'오호~! 중고서점! 그래. 꼭 새 책을 사서 읽을 필요는 없지.'

공수는 휴대폰으로 중고 서점을 이용한 고객 평을 검색해 보기 시작했다.

중고 서점이지만 책의 상태도 좋고 전반적으로 긍정적인 평이 많았다.

보통 시중에 팔고 있는 책의 절반 정도의 가격이거나 더 싼 가격으로 파는 책들이 많아 이용자들이 꾸준히 늘고 있다는 내용들이었다.

안 그래도 책에 관심을 가진 뒤로 구입한 책만 해도 지금까지 꽤 양이 많았고 이제 책값만 해도 공수에겐 부담스러울 지경이었다.

꼭 사야하고 소장할 책이 아니라면 중고 서점을 이용하는 게 좋겠다는 생각이 들었다.

'그래! 책값도 비싼데 굳이 새 책만 사서 볼 필요 없지.'

피곤한 하루였지만 그래도 중고서점을 알 수 있는 하루라 감사한 마음이 들었다.

책 너머 책

주말 아침 그렇게 피곤하거나 잠이 모자랐던 것도 아닌데 별 이유 없이 10시가 다 되도록 늦잠을 잤다.

'아우. 오늘 많이 잤네.'

특별히 약속도 없고 해서 공수는 거실에 나가 TV리모컨을 찾았다.

TV를 켠 공수는 뭘 보겠다는 생각보다는 그냥 시간을 보내고 싶은 마음에 TV 채널 이 곳 저 곳을 돌아다녔다.

별 생각 없이 TV를 보던 공수는 휴대폰에서 12시를 알리는 알림을 듣고 정신이 번쩍 들었다.

'으악! 시간이 벌써 이렇게 됐네! TV 별로 보지도 않았는데!'

공수는 이럴 바에 차라리 오늘은 다름 센터로 가서 책이나 보다 오자는 생각이 들어 서둘러

아침 겸 점심을 먹고 다름 센터로 향했다.

오랜만에 센터 방문인 것이고, 정석이 형 없이 가는 건 이번이 처음이라 은근히 흥분되기 시작했다. 센터 사무실 문을 열자 커피를 마시고 있던 변 작가는 공수를 반겼다.

"오. 꼼수씨! 말도 없이 어쩐 일이야?"

"오늘 특별히 할 것도 없어서요. 그래서 책 읽으려고 왔어요!"

"잘 왔어요! 나랑 같이 책 읽으면 되겠다."

변 작가는 뜻밖에 공수를 보자 반가웠다.

"오늘은 센터에 사람들이 없네요?"

"좀 전까지 독서 모임 했다가 이제 다들 갔어요."

"어? 영화 보고 계셨네요? 휴대폰하고 친하지 않을 것 같았는데 의외네요?"

"이거 왜 이러세요. 저도 모바일로 TV도 보고 영화도 보고 합니다."

"하하. 장난이에요. 그런데 어떤 영화 보고 계셨어요?"

공수는 궁금한 듯 변 작가의 휴대폰을 보며 말했다.

"메트릭스요."

"그거 완전 고전인데 아직 못 보셨어요?"

"아니요. 10번도 넘게 봤죠."

"그런데 또 보세요?"

"재미있잖아요. 그래서 계속 보는데 그 중에서도 1편이 가장 재미있더라고요."

변 작가는 영화 이야기에 신이 난 듯 쉬지 않고 말을 이어나갔다.

"꼼수씨. 내가 이 영화에서 제일 재미있어 하는 부분이 바로 여기예요."

변 작가는 공수에게 다가가 직접 휴대폰의 영상을 보여주며 설명하기 시작했다.

"주인공이 컴퓨터가 만들어 놓은 가상 세계에 그대로 남을지 아니면 현실로 나와 진실을 마주하며 인생을 살아갈지 결정하는 부분이 가장 인상 깊고 재미있어요. 영화지만 그저 그렇게 흘러가는 인생을 우리의 노력으로 바꿀 수 있다는 생각이 들지 않아요?"

"네?"

"책을 통해 우리의 삶을 변화 시킬 수 있다는 그런 의지가 안 생겨요?"

"그게 무슨…, 좀 억지 같은데요?"

"하하하! 그렇죠. 좀 억지 같긴 하지만 가끔 이런 생각들은 우리 삶을 변화시키거든요"

공수는 변 작가의 이런 모습이 재미있고 신기했다. 변 작가와 공수는 말없이 각자 책에 빠지기 시작했다. 사무실은 조용하고 가끔 창문을 통해서 들려오는 자동차 소리와 행인들의 목소리만 작게 들려올 뿐이었다. 먼저 적막을 깬 사람은 변 작가였다.

"커피 마실래요?"

자리에서 일어난 변 작가는 정수기로 향했다.

"네. 저도 그냥 커피."

"그럼 내가 타 줄게요. 앉아 있어요."

"네. 고맙습니다. 작가님."

"그런데 오늘은 어떻게 정석이 없이 혼자 올 생각을 했어요?"

"헤헤. 그냥 왔어요."

변 작가는 잔잔한 미소를 지으며 공수의 커피를 타기 시작했다.

"공수씨. 요즘 책은 잘 읽고 있어요?"

“네. 읽고 있어요.”

“요즘은 어떤 책 읽고 있어요?”

“마케팅 관련 책인데요…, 음…, 마케팅을 알면 경제를 이해한
다는 책인데….”

공수는 막상 설명을 하려니 책의 내용이 쉽게 떠오르지 않았
다.

변 작가는 공수에게 커피를 건네주며 미소를 지으며 말했다.

“꼼수씨. 기억이 나지 않으면 굳이 설명하지 않아도 되요.”

“네…, 읽긴 했는데 갑자기 말하려니 기억이 잘 안 나네요.”

“그럴 수 있죠. 우리가 책을 읽다가 재미없으면 그냥 덮어버릴
수 있는 권리가 있듯이 책을 읽고 설명이든, 메모로 기록을 하
든 그것을 하지 않을 권리도 우리에게 있는 거니까요.”

공수는 이렇게도 해석할 수 있는 변 작가를 보며 독서에 대한
생각의 폭이 상당히 넓다는 걸 다시 한 번 느낄 수 있었다.

“작가님 그런데 정석이 형은 어떤 일 해요? 그러고 보면 형에
대해서 아는 게 별로 없어요. 제가 안 물어 본 것도 있지만 정
석이 형도 따로 말을 안 해주니까 아는 게 별로 없어요.”

“정석이가 말 안 해줬어요? 정석이는 컴퓨터 프로그래머에요.”

“우와! 정말요?”

공수는 정석의 뜻밖의 직업에 놀랐다.

“정석이도 원래 책 좋아하지 않았다는 건 알고 있었죠?”

“네.”

“여기 센터에 오기 전만 해도 정말 보통 사람 그 자체였어요.
그런데 책 읽고 많이 변했죠.”

공수는 지금 자신이 알고 있는 정석이 어떤 인물인지 다시 생각하며 변 작가에게 물었다.

"어떻게요?"

"한 주에 한 번씩 문화센터에서 저랑 같이 독서의 중요성에 대한 콜라보 강연을 진행하고 있어요. 그리고 월마다 시청에서 진행하는 봉사활동도 같이 하고 있고요."

"우와! 형 보기보다 대단하네요?"

"그렇죠? 또 있어요! 정석이가 원래 이곳 센터에서 독서 모임을 하다가 이제는 따로 모임을 만들어 진행해요."

"와…, 형 생각보다 바쁜 사람이었네요."

공수는 연신 감탄사를 내뱉었다.

"또 있어요. 책도 쓰고 있어요. 올해 연말에 나올 것 같아요. 책의 수익금은 불우이웃을 위해 사용하기로 했다고 하네요."

"와!! 정말 대단하다. 그럼 추. 추 작가님이라고 불러야 하나요?"

"하하! 그렇죠. 대단하죠?"

"네!"

"하나 더 있어요! 이건 정말 놀라운 일이예요."

공수는 이제는 변 작가의 입에서 어떤 얘기가 나올까 긴장을 하며 듣게 되었다.

마른 침을 한 번 삼킨 공수는 변 작가의 입에 시선을 집중했다.

"얼마 전에 여자친구도 생겼어요. 하하!"

변작가와 함께 웃으며 얘기를 나눴지만 공수는 정석이 형을 다시 보게 되었다. 아직 자신은 책 한 권 읽기도 힘겨워하는데 직장

생활하면서 이 많은 일을 동시에 진행하고 있는 형이 정말 대단하게 보였다.

"이것저것 하려면 시간도 많이 필요할 텐데 여자친구도 있다니…, 그럼 시간이 더 없을 텐데… 아니 회사 다니면서 어떻게 그걸 다해요?"

"그러니까 대단한 거죠. 정말 책에서 말하는 정석대로 성공을 향해 자신을 관리하며 달려가고 있는 거죠."

"그래도 이해가 잘 안 가요. 정말 책을 읽고 형이 그렇게 변한 건가요?"

변 작가는 공수의 반응이 재미있다는 듯이 미소를 지었다.

커피를 한 모금 마신 변 작가는 공수에게 말했다.

"나중에 정석이랑 얘기해 봐요."

변 작가의 말에 공수는 내가 알던 정석이 맞나 싶을 정도로 얼떨떨한 기분이 들었다.

정석이 마치 책에서 나오는 어떤 영웅처럼 느껴졌다.

'나도 형처럼 할 수 있을까?'

"공수씨. 우리 센터가 왜 다름 센터인 줄 알아요? 책을 통해서 남과 다른 삶을 살 수 있다는 걸 말해주기 위해서 제가 다름 센터라고 지었어요."

"저도 대충 짐작은 했는데! 사람들 얼굴도 그렇고 성격, 취미 좋아하는 것들이 전부 다르듯이 인생도 남들과 똑같을 수는 없다는 말씀이신 거죠!"

변 작가는 미소와 함께 엄지를 치켜세우며 계속 말을 이어 나갔다.

"책은 그 다름을 배울 수 있게 하는 도구와 비슷해요. 책을 통해서 비판을 배우고 그 안에서 창조적 생각을 하게 되죠. 그러면서 점차 현실의 문제를 바라보며 발전적으로 해결해 나갈 수 있는 거죠."

변 작가의 말에 공수는 책을 통해 자신도 변할 수 있을 것 같았다.

조금씩 희망이 생기는 것 같아 흥분되기 시작했다.

공수는 변 작가를 만난 이후로 정석에 대해서 새삼 궁금해지기 시작했다.

'아무리 생각해도 정말 신기하단 말이야. 어떻게 그걸 다 할 수가 있는 거지? 난 책 한 권 읽는 것도 힘들어하는데 회사에 다니며 책을 읽고 쓸 수가 있지? 더구나 여자친구도 있어서 데이트도 해야 할 텐데 말이지. 형만의 시간 관리하는 방법이 따로 있는 건가? 정말 궁금하단 말이야.'

학교가 끝난 공수는 집 앞 커피숍에서 지혜를 만나 정석에 관해서 이야기를 나눴다.

"그러게. 그 오빠 정말 대박이네. 어떻게 그렇게 시간 관리를 잘할 수 있지?"

"그렇지? 대박이지! 나도 그게 너무 궁금해."

"문자 한 번 남겨봐. 만나서 한 번 물어봐."

"그래 볼까?"

공수는 주말에 시간 괜찮으면 만나자는 문자를 정석에게 보내자 몇 분지나지 않아 답장이 왔다.

"어! 형이다!"

공수는 서둘러 정석의 문자를 확인하려 휴대폰을 두들겨 댔다.

“지혜야. 형이 오늘 쉬는 날이라 괜찮으면 지금 보자고 하는
데?”

“잘됐네! 얼른 보자고 해.”

“응. 지금 문자했어!”

얼마 뒤 커피숍 정문을 통해 정석의 모습이 보였다.

“형! 여기요!”

공수는 여느 때 보다 정석을 서둘러 반겼다.

무슨 일이야? 무슨 일로 날 다 보자고 하셨어?

“형. 여기는 제 여자친구요.”

“안녕하세요. 한지혜라고 합니다.”

“아. 공수에게 얘기 많이 들었어요. 독서 골든벨 준비하는데 엄
청 도와주신다고요.”

“아. 네. 그냥 조금….”

지혜는 수줍은 듯 말끝을 흐렸다.”

“네. 추정석이라고 합니다.”

“하하. 그렇죠. 지혜가 정말 많이 도와줬죠.”

공수는 지혜를 바라보며 말을 했다.

“음. 아무튼, 빨리 말해봐. 여자친구 소개는 옵션이고 진짜 할
말이 있었던 거 아냐?”

“역시! 형. 저 변 작가님에게 다 들었어요.”

“뭘? 형 프로그래머고 책도 쓰셨고 이제 곧 나온다면서요!”

“야! 조용히 좀 말해 인마. 그게 뭐라고.”

“그게 뭐라니요. 엄청 대단한 거죠. 그리고 여자친구도 있다면

서요.”

“야. 형은 여친있으면 안 되는 거냐? 너도 있잖아!”

“하하하! 그게 아니라. 회사 다니고 책도 읽으면서 어떻게 책을 쓰냐고요. 변작가님이랑 콜라보 강연도 하잖아요. 더구나 여자 친구 있으면 시간이 더 없을 텐데 시간 관리를 어떻게 해야만 하는지 그게 궁금해요.”

“야. 그럼 뭐라도 한 잔 사주면서 얘기해야 하는 거 아니냐? 세상에 공짜가 어디 있냐?”

“앗. 형 뭐 드실래요? 제가 살게요.”

“됐어 인마! 나중에 내가 무슨 욕을 먹으려고! 내 돈 주고 사 먹을 거다!”

“형. 제가 사드릴게요.”

“다음에 더 큰거 사라고 할 테니깐 일단 앉아 있어.”

정석은 주문한 커피를 들고 공수와 지혜가 있는 자리로 돌아와 앉았다.

“내가 시간관리를 어떻게 하는지 궁금하다고?”

공수가 대답하기 전에 지혜가 먼저 입을 열었다.

“네. 정말 궁금하거든요. 사람 몸이 두개가 아닌데 어떻게 그렇게 하시는지 궁금해요.”

정석은 미소 지으며 공수와 지혜를 번갈아 바라보며 말했다.

“이거 미안해서 어쩌지.”

“왜요?”

공수는 의자를 테이블에 바짝 당기며 정석에 물었다.

“기대했겠지만 말해줄 게 정말 없어. 원래 사람이 닥치면 하잖

아. 비슷한 거야.”

“에이~~시시해. 괜히 말해주기 싫으니까 그런 거 아니에요?”

“하하하! 진짜 없어. 있으면 말해주지 왜 말 안 해주겠냐.”

“에이. 그래도 뭔가 있겠죠. 그 많은 일을 다 하고 있는데.”

“아, 하나 있다.”

“뭔데요?”

“새벽에 일어나는 거. 형 새벽 5시에 항상 일어나거든. 새벽에 일어나서 잠깐씩 하는 모든 것들이 성과가 좋더라.”

“5시요? 매일 5시면…, 아. 그건 진짜 힘든데.”

“왜? 너도 나처럼 새벽에 일어나 보려고?”

“못 할 것도 없죠. 자신은 없지만 일단 질러보는 거죠. 뭐.”

“공수 진짜 많이 컸네!”

정석의 말에 지혜 역시 웃어 보였다.

지혜를 바래다 준 뒤 집으로 돌아온 공수는 과연 정석처럼 꾸준히 새벽에 일어날 것을 다짐하며 일찍 침대에 누워 잠을 청했지만 알람 소리를 듣지 못했던 자신을 원망하며 하루를 시작했다.

머칠이 흘렀지만 새벽에 일어나는 건 쉽지가 않았다. 처음이라 그럴 거란 생각을 하며 자신을 위로하며 계속 시도했지만 쉽지 않았다. 오히려 더 피곤하고 스트레스가 쌓이는 기분이었다.

‘아우. 난 5시에는 못 일어나겠다. 그냥 평소대로 일어나야지. 너무 졸려.’

학교로 걸어가는 공수의 눈은 무거웠다.

새벽에 잘 일어나고 있는지 확인하는 정석의 문자였다.

공수는 정석의 문자에 알 수 없는 웃음이 나왔다.

"아뇨. 힘들어서 못하겠어요. 나중에 천천히 하려고요. ㅋㅋㅋ"

"ㅋㅋㅋ 그럴 줄 알았다."

"형. 청소년 시기에 잠이 얼마나 중요한지 알죠? 청소년 시기에 수면은 뇌 발달과 성장 호르몬의 영향에 밀접하게 관련이 있다고요."

"세상에 핑계 없는 무덤 없다. 그래도 변명치고 꽤 괜찮았어!"

"아. 들켰네! 하하!"

"공수야. 그러지 말고 미션을 하나 정해서 해보는 게 어때?"

"미션이요?"

"응. 너만의 미션을 만들어서 해보는 거지. 예를 들어 올해 100권 읽기 미션에 도전하는 거지!"

"네? 100권을요?!"

"응. 뭐 어때. 일단 저질러 보는 거지 뭐!"

100권을 읽어보라는 정석의 문자는 공수는 잠이 싹 달아나는 듯 했다.

여러 번 휴대폰을 바라보며 정석의 문자를 확인했지만 선명하게 찍힌 100이라는 숫자는 달라지지 않았다.

'미쳤어. 100권을 어떻게 읽으라는 거야.'

당황하는 공수의 모습을 보고 있었다는 듯 정석의 문자가 날아왔다.

정석은 재미있다는 듯이 공수에게 문자를 보냈지만 공수는 전혀 재미를 느끼지 못했다.

정석과 문자를 마치고 휴대폰을 바지 주머니에 넣은 공수는 정말 100권 읽기를 할 수 있을지 걱정부터 앞섰다.

학교를 마치고 집에 돌아와서도 쉽게 100권 읽기에 용기가 나질 않았다.

‘아. 조금 줄여서 50권으로 해볼까? 아니야. 이건 또 처음부터 몰랐다면 모를까. 왠지 지는 기분이 든단 말이야. 어떻게 할까? 하는 게 좋을 것 같긴 한데 작가님에게 한 번 물어봐야겠다.’

공수는 변 작가에게도 100권 미션에 대해 어떻게 해야 할지 물어봐야겠다는 생각에 휴대폰으로 문자를 보냈다.

잠시 뒤 휴대폰에서 문자음이 들렸고 공수는 변 작가에게 온 문자라는 걸 직감했다.

좋다고 해보라는 변 작가의 답장을 받았지만 공수는 계속 걱정이 되어 문자를 보냈다.

휴대폰을 책상에 놓으며 공수는 생각했다.

변 작가와 정석의 격려가 있었지만, 여전히 100권 미션에 대한 용기가 쉽게 나오지 않았다. 과연 끝까지 잘할 수 있을지 자신도 없었다.

'아! 맞다! 지혜에게 말해보자.'

내려놓았던 휴대폰을 들고 서둘러 지혜에게 전화를 걸었다.

"100권 읽기라고?"

"응. 1년 동안 하는 미션이야."

"네 생각은 어때?"

"솔직히 고민이야. 지금 내가 그런 큰 미션을 하는 게 맞는지."

"해봐!"

별 고민 없이 내뱉은 지혜의 말에 공수는 살짝 기운이 빠졌다.

"내가 생각할 땐 고민한다고 크게 달라질게 없어 보여. 그리고 해서 잃는 것보다 얻을 게 더 많아 보이는데?"

"얻는 게 많다고?"

"100권 읽으려면 시간이 부족하니까 자연히 시간을 지금보다 더 계획적으로 사용해야 하지 않겠어? 그러다 보면 아침 시간을 이용하려는 습관이 자동으로 잡힐 수도 있고 말이야."

"그렇지! 그럴 수 있지!"

"그리고 하나 더!"

지혜는 전화기 너머로 거침없이 말을 이어나갔다.

"100권 읽기를 꼭 올해까지 할 필요 없잖아. 올해가 아니라 내년 이맘때까지 해!"

"내년 이맘때까지?"

"응. 1년 동안 100권을 읽는다는 게 더 중요한 거 아냐?"

"그… 그렇지."

"그럼 앞으로 시작하는 날을 기준으로 달력에 체크해서 100권 도전 미션 시작하는 거야.

그리고 올해까지는 50권만 읽고 내년까지 50권을 추가로 더 읽어서 100권을 채우는 거야. 어때?"

"아하!"

"마지막으로 하나 더!"

공수는 한마디라도 놓칠세라 휴대폰을 귀에 더 바짝 붙였다.

"뭐든 처음이 재미있어야 하지 않겠어?"

"응?"

"100권 미션도 재미있으려면 처음 1권을 재미있게 읽어야지."

"그래서 100권 미션을 시작할 때 공수 네가 읽고 싶은 책으로 시작하면 좋겠다고~"

공수는 지금껏 복잡하고 짓눌려있던 생각이 지혜 덕분에 한 방
에 정리되어 풀리는 듯했다.

"와. 지혜야. 한 방에 정리된 느낌인데! 근데 너도 100권 해봤
어?"

"아니."

"그런데 어떻게 이렇게 잘 알아?"

"좋아하면 보이는 거야."

"역시 숨은 고수!!"

"어휴~"

"왜?"

"가르쳐 주려니 힘들어서 그런다! 앞으로 영화, 밥, 디저트 먹
고 싶을 때 콜 할 테니까 지갑 챙겨 나와~"

"하하! 그래! 알았어~!"

공수는 지혜가 있어 더욱 힘이 나는 듯 했다.

[꼼수 독서노트 4]

하나

카페는 나의 도서관
너무 시끄러운 카페만 아니라면 괜찮을 것 같다.
카페에서 책 읽는 남자. 은근 폼도 좀 나는 듯…ㅋ

둘

읽고 싶지 않다.
이런 날은 억지로 앉아서 책을 읽는 고통에서 벗어나자!
책 읽는 모든 엉덩이에 평화가 임하길…

[한 장 정리]

1. 카페는 나의 도서관

조용한 도서관에서만 있다가 어느 날 카페에서 책을 읽으면 의외로 책의 내용에 푹 빠져 읽게 되는 경우가 있다. 도서관보다 훨씬 시끄러운 곳이지만 오히려 집중이 잘 된다.

'백색소음'이라는 것 때문에 적당한 소음은 오히려 집중에 도움을 준다. 너무 시끄러운 카페만 피하자.

커피 한 잔과 그날의 여유를 느끼며 읽는 책의 몰입은 당신이 생각하는 것 그 이상이다.

2. 읽기 싫으면 읽지 않는다.

생활 하다 보면 마음 편히 책을 읽을 수 있는 날은 사실 그리 많지 않다.

일이 많아서 어쩔 수 없이 읽지 못하는 경우가 있는가 하면, 피곤해서 또는 그냥 읽기가 싫은 날도 있게 마련이다.

몸이 피곤한 날에 억지로 책을 읽는 것은 오히려 독서 습관을 만드는 데 방해가 돼 책에 대한 나의 관심을 떨어뜨린다.

하루 이틀 며칠 읽지 않는다고 해서 큰 문제 될 것도 없다.

몸이 피곤하거나 이유 없이 읽고 싶지 않다면 책 읽는 것을 과감하게 내일로 미룬다.

항상 액셀러레이터만 밟을 수 없다. 가끔은 브레이크도 밟아주자.

Part  3

공자가 말했다.

"배우기를 좋아하는 것은 지혜가 있는 것에 가깝고, 행하기를 힘써 한다는 것은 어진 사람에 가깝고, 부끄러움을 안다는 것은 용맹스러운데 가깝다. 이 세 가지를 알면 자기 몸을 닦는 것도 알게 되며, 자기 몸 닦는 것을 알면 사람 다스리는 방법도 알게 되는 것이며, 사람 다스리는 것을 알게 되면 능히 천하와 국가도 이룰 수 있다."

독서 초벌구이

공수는 부푼 기대를 가지고 독서 골든벨에 도전했지만 결국 10명을 남겨두고 골든벨을 울리지 못했다.

지혜의 도움으로 더 큰 기대를 가졌던 공수였지만 재미있는 경험을 했다는 것에 만족해야 했다.

그보다 공수는 내일 있을 지혜와 함께 영화를 보러 가는 것에 더 큰 기대를 하고 있었다.

'가만. 골든벨은 골든벨이고 그래도 지혜와 처음 같이 보는 영화인데 그냥 갈 수 없지. 머리라도 좀 자르고 가야겠다.'

지혜와 같이 영화 본다는 사실만으로 공수는 기분이 좋아졌다.

흐뭇한 미소로 미용실 유리문을 밀고 들어서자 머리를 자르려는 대기 손님들이 꽤나 많았다.

'뭐야. 이 시간에 사람들이 왜 이렇게 많아?'

적당히 비어있는 자리에 앉은 공수는 자신의 순번을 기다렸다.

뒤이어 또 다른 여성 손님이 공수 옆으로 와 앉았다.

어차피 머리 하려면 시간이 걸릴 걸 예상한 듯이 미용실에 비치되어 있는 잡지를 펼쳐 보기 시작했다.

휘리릭 넘겨가며 잡지를 훑어나가던 여성 손님은 몇 분이 안돼 그 두꺼운 잡지를 다 본 뒤 다른 잡지를 손에 잡아 읽어 넘기고 있었다.

'우와. 진짜 빨리 읽는다. 나도 책을 저렇게 빨리 읽으면 좋겠다. 그럼 골든벨도 문제없었을 텐데.'

공수는 글보다는 사진 위주의 잡지라 빨리 읽은 것도 있다고 생각은 했지만 그렇게 몇 분 지나지 않아 두꺼운 잡지 두 권을 순식간에 읽어 그 여성 손님에게 놀라지 않을 수 없었다. 공수는 문득 스치는 생각이 하나 있었다.

'반복 학습'

초등학교 때부터 선생님들께 자주 듣던 말이다.

책 역시 2번, 3번 읽으면 처음 읽었을 때보다 쉽게 이해될 것 같다는 생각이 들기 시작했다.

"손님 이쪽으로 오시겠어요?"

"네? 네!"

"어떻게 해드릴까요?"

"그냥 깔끔하게만 해주세요."

미용실 직원에게 대충 대답을 마무리한 공수는 반복 학습과 '한 번 빨리 읽기'에 대해 생각을 하기 시작했다.

'대충 10분 정도 훑어서 한 번 읽고 그 다음 다시 제대로 한 번 읽으면 어떨까? 그럼 2번 읽게 되는 거니깐 머리에 조금 더 남지 않을까? 어차피 제대로 책을 읽는 건 두 번째 부터니까 처음 한 번은 무조건 짧은 시간에 훑어 읽어보자.'

집에 돌아온 공수는 얼른 자신만의 '한 번 빨리 읽기'를 머릿속으로 정리했다.

'음…, 미용실에서 봤던 그 여자처럼 나도 10분 정도로 하는거야. 어차피 읽기 싫은 책을 그것도 10분 안에 읽는다는 건 내 수준엔 말도 안 되는 일이다. 내용의 이해 따윈 생각하지 말자. 책을 볼 때 자주 눈에 띄는 단어나 문장, 그것도 아니면 그림 등을 보면서 책의 느낌만을 알아본다는 생각으로 읽어보자.'

공수는 잡지와 책은 내용이나 책의 수준 등이 다르다는 걸 알지만 상관하지 않고 읽어나가기 시작했다.

'음. 확실히 처음 한 번만 읽었을 때보다 읽는 게 조금은 수월해진 느낌이야. 잘 모르는 분야나 어려운 책들은 모르는 단어도 많았어. 그러다 보니 문장 이해도가 떨어지고 책 읽는 속도는 느렸어. 이렇게 한 번 읽어 보니까 책에 사용되었던 단어들이 처음보다는 익숙해진 것 같네? 어려운 책들은 당분간 이 방법으로 읽어봐야겠어. 이렇게 한 번 빨리 읽는 것이 마치 초벌구이 같네! 하하!'

공수는 미용실에서 알게 된 방법치고는 꽤 효과적인 방법이라는 생각이 들었다.

공수는 자신만의 책 읽는 새로운 방법을 발견한 것 같아 뿌듯한 기분이 들었고 '한 번 빨리 읽기'를 정석에게도 알리고 싶었다.

"형. 저예요. 공수!"
"오. 꼼수! 어쩐 일로 전화를 다 했어?"
"그냥 했어요. 물어볼 것도 있고 해서."
"짜식! 그럼 그냥 한 게 아니네."
"헤헤. 그렇죠?"

"물어볼게 뭔데?"

"형. 앞으로 읽기 힘든 책이나 평소 어렵게 생각하고 읽지 않았던 책들은 두 번씩 읽어 보려고요."

"오! 진짜?"

"형. 그런데 그 방법이 좀 웃겨요."

"어떻게?"

"처음 한 번은 10분 만에 읽을 거예요. 10분 안에 읽는 거니까 그야말로 대충 훑어 읽는 거죠. 그리고 두 번째는 평소 읽던 속도대로 읽어 보려고 해요. 형 어때요?"

"이야~고수 다 됐네! 좋다! 생각대로 해봐. 하나 더 추가한다면 책을 읽고 그 책 내용의 본문을 필사도 해봐. 이것은 꼼수 네가 독서 고수로 가기 위한 필요한 과정이야. 다시 말해 조금 더 깊은 독서를 할 수 있다는 거지."

"형. 알겠어요. 한 번 해 볼게요!"

"그래! 꼼수 네 스타일대로 가봐. 항상 그렇지만 나는 널 응원한다."

"고마워요. 형~!"

공수는 그날로 정석의 말대로 책을 읽고 필사를 해보았으나 시간도 많이 걸릴 뿐만 아니라 보통 귀찮은 게 아니었다. 무엇보다 책을 읽는 속도가 몇 배는 느려지고 책의 흐름이 끊겨 싫었다.

'아우! 필사는 시간도 많이 걸리고 아직 내가 할 만한 방법은 아닌 것 같아'

공수는 책을 읽으며 반복적으로 나오거나 익숙하지 않은 단어가 나오면 밑줄과 동그라미를 그리며 따로 연습장에 적어서 보곤

했다.

　책을 읽고 적는다는 것이 귀찮지만 아무래도 필사 보다 단어만 적는 것이 시간은 훨씬 덜 걸렸다.

　그냥 책을 한 권 읽었을 때보다 시간이 2배가 넘게 걸렸지만 책의 단어를 정리한 걸 보니 신기하게 머릿속에 읽은 본문의 내용이 오래 남아 있었다.

　'사실 예전에는 책을 읽고 덮으면 어떤 내용인지 잘 기억이 나질 않고 했는데 이렇게 초벌구이와 단어 정리하며 읽어 보니 훨씬 기억에 오래 남네!'

　공수는 귀찮기는 하지만 앞으로 이 방법을 써야겠다는 마음을 먹게 되었다.

그분이 오셨다!

학교가 끝나고 집으로 돌아가는 공수의 발걸음은 무거웠다.

그동안 공부하고 남는 시간에 책을 읽었지만 솔직히 독서와 골든벨에 더 신경을 쓴 공수였다.

시험 점수가 오르지 못할 거란 걸 예상은 했지만 시험이 끝나고 알게 된 성적은 공수의 마음을 무겁게 만들었다.

공부가 먼저가 아니라 늘 자신이 읽던 책을 우선 순위에 두다 보니 떨어지는 성적은 막을 수 없었다.

'아. 다시 공부만 열심히 해야 하는 걸까?'

변 작가님과 정석이 형은 독서가 삶을 변화시키는 가장 강력한 무기라고 말씀하셨다. 하지만 이미 담임 선생님에게 소환돼 앞으로 성적관리를 철저히 해야 한다는 말까지 들으니 자신만 뒤처지고 있다는 생각을 넘어 위기의식마저 느껴졌다.

집에 돌아온 공수는 책상에 앉아 몇 장 남지 않은 책을 펼쳐 읽기 시작했지만 벌써 한 페이지를 몇 번째 반복해서 읽었는지 모른다.

'아. 안 읽히네. 읽는 것도 귀찮고.'

모든 게 귀찮다는 생각이 머릿속에 가득 차오를 때쯤 휴대폰

울렸다. 정석이었다.

공수는 말할 기분이 아니었지만 그래도 평소 자신을 잘 챙겨주는 형을 외면하기는 싫었다.

"공수! 뭐해? 책 읽냐?"

"중간고사 성적 나왔어요. 개폭망…."

"그래서 개우울하시다?"

"장난아니예요…. 형. 제가 잘 못 생각한 건가요?"

"뭘?"

"성적이 나온 뒤로는 책도 잘 안 읽혀요. 의욕도 없고…."

공수는 떨어진 성적 생각에 또 다시 힘이 빠지는 것 같았다.

"음. 공수야 아마도 그 분이 오신 것 같다."

"그분요?"

"응. 슬럼프! 아무래도 공수 너는 학생이니까 성적으로 슬럼프가 오는 것 같네."

공수는 정석의 말에 정말 그럴 수도 있겠다는 생각이 들었다.

"정말 그럴까요?"

"일단 변 작가님에게 연락해봐. 네게 해주실 말씀이 있을 거야."

"뭔데요? 형이 알고 있으면 그냥 말해주면 안 돼요?"

"나 보다는 변 작가님이 너에게 도움이 될 거야. 아무튼 연락해봐."

그렇게 정석과 통화를 끝냈지만 공수는 여전히 마음은 불편했다.

'그냥 얘기해주지. 뜸들이긴….'

공수는 변 작가에게 연락을 하려다 귀찮은 생각에 휴대폰을 도로 내려놓았다.

다음날 학교가 끝나고 공수는 변 작가에게 연락해보라는 정석의 말이 떠올랐다.

'에잇! 그래! 연락하면 뭐라도 얘기해 주시겠지.'

공수는 휴대폰의 연락처를 찾아 통화 버튼을 눌렀다.

"작가님. 저예요! 공수."

"오~꼼수씨! 반가워요!"

"잘 지내셨죠? 저 궁금한 게 있어서요."

"슬럼프라면서요!"

"네? 아… 어떻게."

공수는 정석이 미리 변 작가에게 얘기했다는 걸 알 수 있었다.

'으…, 형. 오지랖은….'

"공수씨. 학교는 끝났나요?"

"네."

"공수씨랑 같이 차 한 잔 하려고 하는데 괜찮아요?"

"네! 좋아요."

일단 대답은 했지만 의외였다. 공수는 변 작가 무슨 일로 만나자고 하는지 궁금해지기 시작했다.

변 작가는 다름 센터 근처 카페에서 공수를 기다리고 있었다.

카페에서 먼저 나와 기다리던 변 작가는 공수를 보자 미소 지으며 손을 흔들어 보였다.

"작가님. 이곳에서 보니까 새롭네요."

"그렇죠? 저도 그래요. 하하!"

“공부하기도 바쁠 텐데 여기까지 나오라고 해서 미안해요.”

“아니에요 작가님. 괜찮습니다.”

커피가 나오자 변 작가는 공수에게 웃으며 말했다.

“자. 건배!”

“네?”

“공수씨는 아직 미성년자니까 술 못 마시잖아요. 이게 술이라고 생각하고 우리 건배하자고요.”

“아. 하하!”

변 작가와 공수는 서로의 안부를 물으며 지난 얘기를 나누기 시작했다.

“공수씨가 작정하고 책을 읽은 지 몇 개월이 지났죠?”

“음…, 4개월 정도 지났네요.”

“벌써요? 그렇게 읽는 것도 쉽지 않은데 노력이 대단하네요.”

“아니에요. 요즘에는 제대로 읽지도 못하고 있는데요 뭐.”

“괜찮아요.”

“시간만 보내고 있는 걸요? 성적도 많이 떨어졌고….”

떨어진 성적이 마음속에 계속 남아 있었다.

“공수씨. 노력하고 행동하는 사람이 슬럼프도 겪는 겁니다. 아무 일도 하지 않는 사람은 아무것도 남는 게 없어요. 지금 겪고 있는 감정은 그만큼 공수씨가 노력했다는 증거이기도 해요.”

“작가님 그래도 학생으로서 성적은 진짜 중요하잖아요. 리스크가 너무 커요…, 계속 시간만 가는 것 같고…, 책을 읽어야겠다는 의욕도 지금은 많이 없고요.”

“공수씨. 그 마음 뭔지 알아요. 책이 삶을 변화시키는 강력한

도구는 맞지만 욕심을 버리셔야 해요. 책을 통해 뭔가를 꼭 얻
으려고 하지 마세요."

도구는 맞지만 욕심을 버리셔야 해요. 책을 통해 뭔가를 꼭 얻
으려고 하지 마세요."

공수는 순간 자신이 잘 못 들었다고 생각했다.

'책은 삶의 방향을 제시해주고 생각의 폭을 넓혀주는 도구가 아니었던가?'

책을 통해 뭔가를 얻지 말라니 공수는 변 작가의 말에 귀를 의심하지 않을 수 없었다.

"네?"

"삶을 변화시키기 위한 강력한 수단이 책이라는 건 맞아요. 하지만 '내가 이 책을 읽고 꼭 뭔가를 얻어 가겠다'라는 생각으로 책을 대한다면 금방 지쳐요. 기대가 크면 실망이 큰 것처럼요. 더구나 독서 초보에게는 그 실망감이 더 크죠."

"네. 맞아요! 읽어도 그때뿐인 것 같아요. 책을 다 읽고 남는 게 없을 때 저 자신이 괜히 낮아지는 것 같고 모든 게 의미 없어 보이더라고요."

변 작가는 이해한다는 듯이 고개를 끄덕거렸고 공수는 답답해지기 시작했다.

"작가님! 그럼 어떻게 읽어야 할까요?"

"말했잖아요. 책을 통해 꼭 뭔가 얻어가야겠다는 생각으로 읽지 말고 가볍게 읽어요."

공수는 변 작가 어떤 얘기를 할지 몰입해 듣기 시작했다.

"우리가 사람 만날 때 항상 기대하고 꼭 뭔가를 얻는 게 있어야만 만나지 않잖아요. 그냥 그 사람이 좋아서 편하게 만나 이야기하잖아요. 그것처럼 편하게 책을 읽으세요."

"그럼 재미가 없으면요? 책을 읽는데 재미가 없다면 어떻게 해야 해요?"

공수는 마음이 급해지는 걸 알았다.

"저는 목차를 보고 읽고 싶은 부분만 골라 보며 띄엄띄엄 읽기도 하는데 이렇게 읽는 것도 책을 편하게 보는 방법인가요?"

"그럼요! 잘하고 있어요! 목차는 그러라고 있는 겁니다. 한 가지 더! 지금 만나고 있는 사람이 재미없고 나랑 맞지 않는다고 해서 그 자리에서 일어나 나갈 수 있나요?"

"에이~그렇게는 못하죠."

변작가는 공수가 귀여운 듯 바라보며 말을 이어갔다.

"그렇죠! 예의가 아니니까요. 하지만 독서의 장점은 재미없으면 언제든 책을 덮어 버릴 수 있다는 점이죠!"

"아…, 네!"

공수는 그제야 처음 변 작가가 했던 말들이 이해되기 시작했다.

책을 사람들과의 만남으로 설명을 하니 이해하기 훨씬 편했다.

"지금 중요한 것은 눈앞에 있는 것만 보고 그것이 전부라고 생각하는 사람들. 부정적인 마음이 가득한 사람들을 잠시 피해야 해요. 적어도 슬럼프가 끝났다고 생각이 들 때까지는요.”

“왜요?”

“근묵자흑이라는 사자성어가 있어요. 먹을 가까이하면 그 먹물이 옷에 점점 묻게 된다는 뜻이죠. 바로 그런 사람들 한 마디로 인해 힘이 빠져버리거든요. 그럼 슬럼프가 더 오래 머물게 돼요.”

“아. 그렇군요.”

“이럴 때일수록 긍정적으로 생각하는 사람들과 자주 만나세요. 그런 사람들에게 긍정의 힘을 얻어 가야 해요. 부정이 아닌 긍정을 주는 사람들이 많을수록 공수씨를 쉽게 지치지 않고 멀리 갈 수 있게 힘을 불어 넣어줍니다. 아셨죠?”

“네! 작가님과 정석이 형처럼요?”

“그렇죠! 우리가 그런 사람들인 거죠! 하하!”

변 작가는 공수의 대답이 만족스러운 듯 크게 우수며 말을 이어나갔다.

“그리고 슬럼프에 빠졌을 땐 책을 천천히 읽는 것도 좋은 방법입니다.”

“천천히요?”

“네. 천천히 읽으세요. 빨리 읽는 게 능사는 아닙니다.”

“원래 독서 고수들은 속독을 하지 않나요? 천천히 읽으라는 소리는 사실 처음 듣는 것 같아요.”

“빨리 읽는 것도 천천히 읽는 것도 모두 다 같은 독서 입니다. 천천히 읽었을 때의 장점은 작가가 숨겨놓은 메시지를 더 잘 찾아내어 읽고, 깊은 울림을 경험해 볼 수 있다는 거지요.”

"책 속에 숨겨져 있는 진짜 가치를 발견하는 순간이라는 건가
요?"

"캬~! 공수씨. 그새 많이 달라지셨네요!"

"아유. 아니에요."

변 작가는 칭찬 한 번에 부끄러워하는 공수를 바라보며 흐뭇한
미소를 지어 보였다.

"그런데 작가님. 그럼 속독하는 이유가 뭐죠? 왜 그렇게 속독
을 하라고들 하는 걸까요?"

공수의 대답이 끝나기 무섭게 변 작가는 힘을 주며 말했다.

"가치 있는 책을 찾기 위해서지요."

"네? 무슨 말씀이신지…."

동그랗게 눈을 뜨고 물어보는 공수를 변 작가는 연신 흐뭇한
미소를 지으며 말을 이어나갔다.

"책의 정보를 빨리 얻기 위함도 있지만 시간을 들여서라도 두
번 세 번 읽을 만한 가치가 있는 책을 찾기 위해서 속독하는 거
죠…."

"아…, 역시 깨달음을 주시는 작가님!"

말을 끝내고 해맑게 웃는 공수의 모습에 변 작가도 따라 웃었
다.

공수는 변 작가를 만나면 늘 뭔가 하나 얻어가는 느낌이 들어
항상 고마움을 느꼈다.

집으로 돌아가는 발걸음이 한결 가벼워진 공수는 변 작가 말대
로 긍정의 힘을 받고 다시 시작할 수 있다는 생각이 들었다.

'역시 사람은 긍정적이어야 해.'

가방에서 휴대폰 소리내어 울기 시작했다. 정석이었다.

"어이~꼼수! 변 작가님은 잘 만나봤어?"

공수는 늘 어딘가에서 정석이 몰래 지켜보고 있는 것 같아 웃음이 났다.

"하하! 네 잘 만났습니다. 이제 작가님과 헤어졌어요."
"어때? 다시 열정에 불이 짚여지나?"
"하하! 네. 그럴 것 같아요."
"좋아!"
"형. 궁금한 게 있어요. 조금 더 일찍 물어봤어야 했는데 계속 까먹는 바람에…."
"뭔데?"
"속독이 좋아요? 정독이 좋아요?"
공수의 휴대폰 너머로 정석의 웃는 소리가 들리기 시작했다.

"지금 네 질문은 태권브이랑 마징가랑 싸우면 누가 이겨요? 이거랑 똑같은 질문이야."
공수는 휴대폰 넘어 정석이 무슨 말을 하는지 이해가 가질 않았다.

"속독은 빨리 읽어서 좋고 정독은 천천히 읽지만 책 내용에 생각할 시간이 많아서 좋지. 그리고 많은 사람이 속독에 대해서 특별한 기술을 배워야 하는 줄 아는데 꼭 그런 것만은 아니야. 예를 들어 공수 네가 우리나라 고등학교 국어책을 각각 10번씩 읽었다고 해보자."

"형. 저 그렇게 읽기는 싫은데요?"

"예를 들어 보자는 거야. 너 이렇게 이해력이 딸려서 공부는 어떻게 하냐?"

"아. 하하."

"국어책을 각각 10권씩 읽은 너와 한 번 읽은 내가 있다면 누가 이해와 읽는 속도가 빠르겠냐?"

"그건 아무래도 많이 읽은 제가 조금이라도 더 빠르겠죠?"

"속독이 그런 거야. 물론 속독에 대해 방법은 좀 더 배울게 있지만 그것에 앞서 다독을 함으로써 속독을 경험할 수 있다는 거야."

"캬! 형 멋있다!"

공수는 변 작가에 이어 정석까지 깨달음을 얻게 해주는 사람들 덕분에 뿌듯했다.

정석과 통화를 끝내자 채 1분도 지나지 않아 휴대폰 문자음이 들렸다.

자주 만나는 공원에서 30분 뒤에 만나자는 지혜의 문자였다.

서둘러 공원에 도착했지만 지혜는 이미 나와 공수를 기다리고 있었다.

“뭐야. 왜 이렇게 늦었어?”

“아냐. 문자 보자마자 바로 왔어. 30분도 안 지났을 텐데?”

지혜는 예쁘게 포장된 케이스를 수줍게 내밀며 말했다.

“칫. 일단 이거 받아!”

“어? 이게 뭐야?”

“뜯어 봐.”

공수는 포장된 케이스를 뜯으며 말했다.

“초콜릿이네? 맛있겠다!”

“당연하지! 내가 만든 건데.”

“직접 만들었다고? 너 이런 재주도 있었어? 완전 금손이었네!”

“특별히 너 생각하며 만든 거니까 맛있게 먹어.”

지혜에게 처음 받은 선물에 공수는 감동하지 않을 수 없었다.

“지금 하나 먹어봐도 돼?”

“그럼!”

떨리는 손으로 상자의 포장을 조심스럽게 풀자 먹음직한 초콜릿이 가지런히 담겨 있었다.

공수는 그 중 하나를 집어 입에 넣었다.

“맛이 어때? 어때?”

“와….”

지혜는 초콜릿을 입에 넣은 공수의 표정을 살피느라 동그랗게 뜬 눈을 연신 바쁘게 움직였다.

공수는 입안에 초콜릿을 넣은 채 한 동안 말이 없었다.

“왜? 이상해? 별로야?”

“아니….”

“그럼?”

“핵 꿀맛!”

“치! 뭐야~!”

“고마워. 지혜야.”

지금 이 순간 공수는 지혜가 너무 예뻐 천사가 아닌가라는 생각과 함께 행복을 느꼈다.

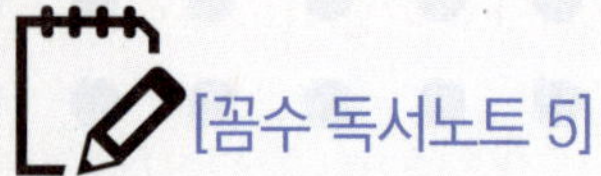

하나

오늘 딱! 이것만 읽는다!
하루에 정해놓은 5페이지 또는 일주일에 40페이지. 딱 이것만 읽는 거다!

둘

한 번은 초벌구로 대충 읽는다.
어렵거나 잘 안 읽히는 책은 10분 안에 대충 읽어보자!
책을 놀이처럼 대하는 거야^^

셋

책을 끝까지 읽을 필요 없다. 재미없다면 언제든 다른 책을 본다.
그리고 피곤한 날은 읽지 말자. 읽고 싶은 날도 있고 읽기 싫은 날도 있
는 거지 뭐! ㅋㅋ

넷

최대한 천천히 읽는다.
다들 빨리 빨리 읽으라고 하는데 천천히 독서하라는 책들은 별로 없는
듯…
천천히 읽는 게 마음은 더 편하네!

다섯

이제부터 책을 통해 무언가를 얻으려는 마음을 버리자.
책을 꼭 전투적으로 읽을 필요는 없잖아. 벼락치기하는 것도 아니고. ㅋ

 [한 장 정리]

1. 일정 목표량을 정해서 읽는다.

요즘은 스마트폰, 태블릿 PC를 가지고 다니며 게임도 하고 만화도 보고 TV와 책도 본다.

전자 책이 아니라면 스마트이나 태블릿 PC로 그 날 읽을 분량의 책을 사진으로 찍어 가지고 다닐 수 있다.

사진으로 찍어서 책을 보는 것도 귀찮은 방법이지만 무겁게 이것저것 가지고 다니는 걸 싫어하는 사람이라면 덜 귀찮은 방법을 이용하는 게 현명한 방법이다. 하루에 정해놓은 양 만큼만 읽는다. 다시 말해 딱, 그만큼만 읽는다.

2. 10분 안에 초벌 읽기를 한다.

꼭 독서력이 높거나 속독법을 익힌 사람만이 할 수 있는 것은 아니다.

초벌 읽기. 다시 말해 책 전체를 빠르게 훑어 읽는 걸 말한다.

이렇게 빠르게 훑어 읽기는 책의 내용을 이해하는데 목적이 있는 게 아니다.

본격적으로 읽기 위해 자신을 책에 익숙하게 만들기 위한 하나의 준비운동이다.

단어, 문장, 책의 느낌을 파악하고 읽기 시작한다면 책에서 오는 부담감은 상당히 줄일 수 있다.

3. 책을 끝까지 읽을 필요 없다. 재미없다면 언제든 다른 책을 본다.

독서할 때 좋은 점은 언제든 책을 덮을 수 있다는 점이다.

세상에 재미있는 책도 많지만 재미없는 책은 더 많다. 깊은 인내심으로 재미없는 책을 끝까지 읽는 것도 의미 있는 행동이다. 그러나 특별한 경우가 아니라면 술술 읽히는 책을 찾아 읽어가길 바란다.

4. 최대한 천천히 읽는다.

지금 읽고 있는 책이 어떤 책이고 무얼 말하는지 깊이 있게 충분히 알기 위해서 최대한 천천히 읽어본다. 평소 읽는 속도보다 천천히 읽는다. 이렇게 의도적으로 읽음으로 책을 깊이 있게 읽어볼 기회를 만날 수 있게 된다.

5. 책을 통해 무언가를 얻으려고 하지 않는다.

자신에게 맞는 책도 있고 그렇지 않은 책도 있는 법이다.

책을 통해 꼭 뭔가를 얻어가고 말겠다는 강한 생각은 독서 습관을 만드는데 오히려 방해가 된다.

책을 읽고 난 뒤 배울 만한 게 없다는 생각이 들면 그때부터 자신도 모르게 독서에 관한 부정적인 생각이 하나 둘 생기게 마련이다.

마음 편하게 읽는 다는 것은 그만큼 책을 대하는 부담도 덜 느낀다는 말과 같다.

다시 한 번 말하지만 편하게 읽어라.

썸을 마무리 짓다.

"어? 꼼수! 맨날 책만 읽는 책 선생인 줄 알았는데 게임도 하나 보네?"

"야. 난 내 폰으로 게임도 못하냐?"

"그러니까. 없는 시간도 쪼개서 책 볼 것 같은데 휴대폰 게임을 하니까 신기해서 그렇지."

"이런 날도 있는 거지 인마."

"암튼 담임 쌤이 너 찾는다. 교무실로 오래!"

"쌤이? 왜?"

"나야. 모르지."

공수는 영문도 모른 채 교무실로 향했다.

"선생님. 저 왔어요."

"박공수. 너 독서 골든벨 나갔다며?"

"어? 어떻게 아셨어요?"

"민국이가 너 책 좋아해서 구청에서 하는 독서 골든벨 나갔다고 하더라?"

"네."

"그래서 골든벨 울렸어?"

"아뇨. 10명 남겨놓고 떨어졌어요."

"아쉬웠겠네. 그래도 정말 잘했다. 그건 그렇고 교장 선생님이 이번에 학생이 자발적으로 참여하여 운영되는 독서 동아리 하나 만들면 좋겠다고 하셨거든."

"독서 동아리요? CA활동으로 그건 이미 있잖아요."

"응. 새로 만들 동아리는 학생들이 자발적으로 참여해서 자신의 의견과 생각을 나눌 수 있도록 하는 취지에서 하나 더 만들려고 하는 거야. 그래서 말인데 공수 네가 동아리 리더로 해주면 좋겠는데."

공수는 선생님의 갑작스런 제안에 당황하지 않을 수 없었다.

"네? 제가요? 리더로요? 저 그런 거 잘 못하는데요?"

"못하는 게 어디 있어 인마. 그냥 한 번 해보는 거지. 민국이도 너 책에 미쳐있다고 강력하게 추천하더라. 쌤이 볼 때도 네가 제일 적임자야."

공수는 속으로 욕이 나오기 시작했다.

'민국이. 이 미친…'

"공수야. 정해진 건 없어. 네가 알아서 다 정해."

"네?"

"인원은 몇 명으로 할지. 동아리 모임 진행 방식은 어떻게 할지. 네가 알아서 다 정해보라고."

"제가 어떻게…, 그걸 다."

공수는 말에 계속 힘이 빠지는 걸 느꼈다.

"우선해봐. 모르는 게 있으면 선생님이 그때그때마다 도와줄게."

담임 선생님의 압박에 알겠다 말하고 교무실을 나왔지만 얼떨결에 생각지도 못한 일을 떠맡아 마음이 무거워졌다.

'민국이. 이 새끼!'

공수는 민국이 있는 교실을 향해 뛰기 시작했다.

"죄인은 빵과 우유를 대령하라!"

민국은 점심시간에 매점에서 사온 빵과 우유를 공수에게 공손히 내밀며 말했다.

"여기 있습니다요!"

"네 죄가 무엇인 줄 아느냐!"

"야! 나도 몰랐지! 동아리 리더를 맡게 될 줄은…."

민국은 정말 동아리 리더를 맡게 될 줄은 몰랐다며 억울한 듯 말했다.

"몰라. 새끼야. 너 땜에 앞으로 빡 세게 생겼어!"

"야. 그래도 이게 좋은 경험이 될 수 있지 않겠냐?"

"헐! 지 일 아니라고 쉽게 말하는 것 좀 봐."

"그렇잖아. 너를 중심으로 동아리가 운영될 거라며. 그럼 리더십도 생기고. 좋잖아."

"리더십이 생길지 말지 네가 어떻게 알아!"

"원래 방구 뀌다 보면 똥 나오는 거야."

"아놔! 이 새끼가 표현을 해도 꼭!"

"왜? 넌 책 많이 읽으면서 그것도 몰라? 원인과 결과!"

"몰라. 새꺄!"

학교가 끝나자 공수는 공원에서 지혜를 기다리며 민국이와 나눴던 이야기를 생각했다.

‘그 새끼…, 참…, 생각할수록 웃기네.’

민국의 방구 표현이 틀린 말은 아니라는 생각에 계속 웃음이 새어 나왔다.

“뭔데 그렇게 재미있어?”

“응? 언제 왔어?”

“오는 줄도 모르고 계속 멍 때리면서 웃던데?”

“내 친구가 했던 말이 좀 웃겨서. 오늘 개 때문에 학교생활이 빡 세지게 생겼거든.”

“무슨 말이야?”

공수는 학교에서 있었던 일을 지혜에게 말해 주었다.

“오! 잘됐네!”

“뭐가 잘돼~?”

“잘 됐지. 조금 힘든 부분도 있겠지만 담임 쌤이 도와준다며.”

“그렇긴 하지만 민국이만 아니었다면 안할 수도 있었단 말이야.”

“선생님들도 인정하는 학교 내 특별 조직 같은 거잖아. 멋있잖아!”

“그…그런가?”

“기회라고 생각해!”

공수는 갑자기 지혜의 말투가 정석이 형과 닮았다는 생각이 들었다.

“읽고 싶은 책과 토론 주제도 애들이 직접 정해서 진행하면 좋겠다. 또 토론의 마지막은 짧은 감상문도 작성하는 거지. 물론 자발적으로!”

"오! 좋은데!"

공수는 독서에 관해서는 지혜도 관심이 상당히 많다는 걸 다시 한번 알게 되었다.

"역시! 한지혜! 고마워~! 매번 느끼는 거지만 우리가 같은 학교가 아니라는 게 너무 아쉽다."

"그건 그렇고 계속 이럴 거야?"

"응?"

"계속 이럴 거냐고?"

"뭘…?"

"뭐가 뭐야! 우리 계속 이렇게 썸만 탈거냐고!"

지혜의 갑작스런 고백에 공수는 숨이 쉬어지지 않는 것 같았다. 심장이 뛰다 말고 땅속으로 떨어져 나가는 기분이 들었다. 예쁘장하고 얌전한 외모에서 가끔 나오는 직설적인 성격은 공수를 당황시키기에 충분했다.

"아…, 그건 아니고. 갑자기 훅 들어오니까…."

"아우! 답답해! 우리 사귀어!"

"어…, 어? 어! 그래!"

"쳇! 그럼 우리 오늘부터 1일!"

혼자 보다는 둘이 좋다.

공수는 습관처럼 TV 리모컨을 잡았다.

기쁠 때나 슬플 때나 늘 공수와 함께 시간을 죽이던 TV였다.

평일 밤마다 하는 드라마는 공수가 꼬박꼬박 챙겨보는 TV 프로그램이었고 혹시라도 방송을 놓치면 나중에라도 휴대폰으로 꼭 챙겨보는 공수였다.

'아…, 책 읽어야 하는데….'

읽어야 할 책이 있었지만 공수는 TV 전원을 끄고 싶지 않았다.

공수는 평소에도 TV 보는 시간만큼은 스스로에게 관대했다.

아무것도 하고 싶지 않을 때 편하고 즐겁게 시간을 보낼 수 있는 TV야 말로 문명이 주는 혜택이자 가장 손쉽게 할 수 있는 취미 생활이라고 생각했기 때문이다.

결국 공수는 드라마 엔딩 음악과 자막이 올라가는 걸 보고 나서야 책 생각이 다시 나기 시작했다.

'아… 책 때문에 TV 볼 때 마다 은근히 짜증난단 말이야. 뭐 좋은 방법 없을까?'

나중에 책이 훨씬 더 좋아지면 그때 TV를 멀리하더라도 지금은 책과 타협을 보는 게 좋겠다는 생각이 들었다.

‘에잇! 한 시간 정도는 그냥 마음 편히 보자! 이렇게 스트레스 받아가며 TV를 볼 필요 없잖아?’

TV를 본 다음은 한 장이라도 읽겠다는 다짐을 하자 마음이 한결 편했다.

방에 들어온 공수는 책상 위에는 며칠 전 인터넷과 서점에서 구입한 자기계발 책과 어린이 경제관련 책들이 보였다. 처음에는 곧 읽을 수 있을 것 같아 구입을 했지만 하나 둘 쌓여 지금은 눈길도 제대로 주지 못하고 있는 상황이었다.

‘저 책들도 다 읽어야 하는데…, 언제 읽지? 지금 읽고 있는 것도 있는데.’

공수는 쌓인 책들을 보자 피곤함이 더해지는 것 같았다. 읽어야 할 책을 계속 미루다 보니 뭔가 숙제 같다는 부담감마저 들기 시작했다.

‘안되겠어! 이제 인터넷을 이용하든 서점을 이용하든 책을 사면 묵혀두지 말고 바로 읽자. 그렇지 않으면 계속 미루고 안 읽게 되는 것 같아.’

공수는 책상 위에 올려둔 달력에 지금 읽고 있는 책을 언제까지 읽겠다고 일정을 볼펜으로 표시해 두었다.

그동안 달력에 표시해둔 일정대로 꾸준히 책을 읽어나가지는 않았지만 그래도 했을 때와 그렇지 않을 때의 차이가 분명히 있었다.

‘그래! 일주일에 하루! 그것도 어려우면 2주에 하루는 책만 읽는 날을 만들자! 박공수의 독서 Day! 평소에 읽지 못한 책을 독서 Day에 읽는 거야.’

공수는 평소에 자신이라면 그냥 넘어갔을 것을 또 다른 방법을 생각해 행동해 보이려는 자신이 신기하게 느껴졌다.

책으로 인해 변화되고 있는 자신의 모습에 놀라면서도 한편으로 왜 진작 이렇게 살아보지 못했나 하는 아쉬움이 들기 시작했다.

토요일 아침 공수는 일어나자마자 서둘러 외출 준비를 했다.

며칠 전부터 있던 감기 기운 탓에 콧물이 흐르고 몸이 무거웠지만 기분은 좋았다.

한껏 멋을 부린 공수는 지혜와 조조 영화를 볼 생각에 한껏 마음이 들떠 있었다.

'아. 남자는 머릿발인데 오늘은 잘 안 받네. 왁스를 좀 더 발라 볼까?'

왁스 뚜껑을 따긴 했지만 시계를 보니 약속시간이 다돼 포기하기로 했다.

공수는 서둘러 집을 나와 정류장에 도착해 버스를 기다리고 있었다.

'어? 오늘 마라톤 하나 보네?'

공수는 얼마 전 마라톤을 하기 때문에 버스 당일 노선도가 바뀌니 양해 바란다는 안내문을 봤던 기억이 있었다.

'아⋯, 하필 왜 오늘이야!'

공수는 지혜와 약속 시간에 늦을까 마음이 조급해지기 시작했다.

버스가 오자 서둘러 올라탄 공수는 남은 정거장 수와 약속 시간을 계산해 보았다.

'휴~다행히 늦지는 않겠다.'

공수는 문득 마라톤에서 페이스 조절을 해주는 페이스메이커가 있는 것처럼 독서도 페이스메이커가 있다면 좋겠다는 생각이 들었다.

꼭 자신보다 책을 잘 읽는 사람이 아니어도 괜찮을 것 같았다.

다만 책을 읽을 때 계속 관심을 가져주고 목표량에 도달했을 때 다독이며 칭찬해주는 사람이면 될 것 같았다. 조금 더 욕심을 부린다면 함께 책 내용을 나눌 수 있으면 좋을 거라는 생각이 들었다. 함께 할 사람이 생기면 슬럼프에도 쉽게 빠지지 않을 거라 생각이 들기 시작했다.

그럼 TV를 보거나 다른 짓을 하며 시간을 허비하려 할 때 바로 잡아 줄 수 있을 것 같았다.

그러려면 평소 책을 즐겨 보는 사람이면 좋겠다는 생각이 들었다.

공수는 이쯤 생각하자 떠오르는 사람이 있었다.

추정석. 형이라면 꾸준히 나에게 관심을 가지며 페이스메이커 역할을 충분히 해줄 수 있을 것 같았다.

'그래! 형이 있었지! 형이라면 분명 나의 독서 페이스메이커를 해줄 거야!'

공수는 정석이 생각난 김에 바로 문자를 보냈다.

"형. 저 부탁할게 있어요!"

곧 정석에게 답장이 왔다.

"어렵지 않고, 부담스럽지 않고, 조금의 노력에도 내 존재 가치
가 높아지고 빛나 보이는 부탁만 받는다!"
"ㅋㅋㅋㅋㅋ 대박! 알겠어요."
공수는 독서 페이스메이커에 대한 생각을 정석에게 설명을 했
다.

"그러니까… 독서 페이스메이커가 필요한데 그걸 나한테 해달
라는 거지?"
"네. 맞아요!"
"알았어! 이런 거라면 얼마든지 해줄 수 있지!"
"역시! 꼭 해 줄 거라 믿었어요!"
"나중에 이자 쳐서 뭐라도 받아낼 거다!"
"네. 알았어요~형. 고마워요."
정석과의 대화가 끝나고 공수는 한 명 더 떠오르는 사람이 있
었다.
'지금 만나러 간다. 기다려!'
영화관에 도착하자 지혜에게 문자가 왔다.

"5분 뒤 도착임!"
"응. 나도 도착! 표 찾아놓고 기다리고 있음!"
"오구오구! 착해라! 팝콘도…힛!"
잠시 뒤 지혜는 손을 흔들어 보이며 영화관에 도착했다.
"정말 딱 5분후에 도착했네?"
"어? 콧물! 너 감기 걸렸어?"

"응. 살짝 감기 기운이 있는데 별거 아냐."
"영화 시간 아직 충분하니까 약국에서 감기약이라도 얼른 사먹자."
지혜는 공수의 팔을 잡아끌며 말했다.
"괜찮아. 이깟 콧물 좀 흐르는 거 가지고."
"야. 남자라고 참는 거야? 너 그러다가 한방에 훅 간다. 약골이라 맨날 골골거려도, 골골 백 년이란 말 몰라?"
"뭐? 하하하! 너 그런 말 어디서 배웠어?"
"우리 엄마가. 호호호!"
"암튼 약국이든 병원이든 꼭 가. 알았지!"
"알았어."
공수는 잔소리하며 챙겨주는 지혜가 있어 마음이 든든했다.

헐! 대박 사건!

수업시간이 끝나자 모두가 기다리는 종례시간이 왔다. 종례가 끝나자 선생님은 가방을 챙기는 공수에게 말했다.

"공수! 수업 끝나고 잠깐 교무실 들렀다가 가라."

"네."

선생님이 교실을 나가자 민국이 공수에게 다가오며 말했다.

"야. 요즘 담임 쌤도 그렇고 다른 쌤들도 너 자주 찾는다? 독서 동아리 맡고 그런 거 같다. 그치?"

"응. 아무래도 그런 것 같다. 민국아. 오늘은 너 먼저 가야겠다."

"우씨! 쌤 호출인데 어쩔 수 없지 뭐. 휴대폰 게임 한 판 때리고 있을 테니까 문자 해!"

"그럴래? 그럼 별일 아닌 것 같으니까 쫌만 기다렸다가 같이 가자."

공수는 교무실 문을 열고 들어서자 선생님은 얼른 오라며 손짓해 보였다.

"선생님. 무슨 일이세요?"

"공수야. 네 덕분에 독서 동아리가 벌써부터 우리 학교 명물이 된 건 잘 알고 있지? 그뿐만이 아냐 교내 도서관 이용률도 점점 높아지고 있어서 교장선생님이 아주 만족해하고 계신다.”

“아…, 하하! 명물인건 잘 모르겠고 잘 운영되고 있는 것 같아요.”

“이쮜식 겸손하기까지?”

선생님은 공수의 모습에 기분 좋은 듯 목소리 톤이 높아졌다.

“아무튼 이미 독서 동아리가 있지만 굳이 하나 더 만든 것도 우리 학교가 앞으로 책 읽는 학교 문화를 만들기 위해서야. 너도 알고 있지?”

“네.”

“그래서 네가 리더로 진행되고 있는 독서 동아리를 조금 더 알리려고 이번에 학교에서 북 콘서트를 준비하고 있다.”

“북 콘서트요?”

“응. 책으로 변화된 사람이거나 새로운 인생을 살아가는 사람을 초청해서 책의 좋은 점을 알리고 학교도 알리는 행사야. 혹시 아는 사람 있니? 이름이 알려지지 않은 일반인도 얼마든지 가능하니까 부담 갖지 마. 아는 사람이 없어도 선생님들끼리 알아서 행사 준비 할 거다. 그래도 교내 명물 독서 동아리 리더 박공수를 빼고 행사 진행한다는 건 있을 수 없잖아. 안 그래?”

“쌤! 그만 띄워주세요. 멀미할 것 같아요!”

“하하! 3주 후에 북 콘서트 하니까 생각해 보고 이번 주에만 쌤한테 말해줘.”

“네.”

교실로 돌아오자 민국은 휴대폰 게임에 정신이 팔려 공수가 온

지도 몰랐다.

"야!"

"으악! 깜짝이야! 이 미친새꺄!"

"크크! 놀랐냐? 집에 가자! 게임 그만하고."

"놀랐잖아!"

공수는 웃으며 책가방을 챙겨 교실문을 나섰다.

"뭐? 북 콘서트?"

"응. 우리 학교를 책 읽는 학교로 만들기 위한 행사래."

"장난 아닌데! 학교도 그렇고 쌤들도 그렇고 다 널 인정한다는 거잖아…."

"뭐가 인정이야 인마. 그냥 좋은 아이디어나 아는 사람 있으면 소개시키라는 거지. 일꾼! 일꾼!"

웬일인지 공수의 장난스런 말투에도 민국의 표정은 밝지 못했다.

집으로 돌아온 공수는 가방을 벗어 던지고 책상 앞에 앉아 심호흡을 하기 시작했다.

공수는 교내 행사인 북 콘서트에 변 작가를 생각하고 있었다.

그래서 변 작가를 섭외하기 위해서 어떻게 말을 해야 할지 고민이었고 어려운 부탁을 하는 것 같다는 생각에 쉽게 전화를 하지 못했다.

'아. 어떻게 이야기 하지? 거절하시면 어떻게 하지?'

공수는 한참을 생각했지만 딱히 어떻게 말을 해야 할 지 생각이 나지 않았다.

'에잇! 몰라! 그냥 해보자!'

공수는 조심스럽게 변 작가에게 전화를 걸어 북 콘서트에 관해 이야기를 꺼냈다

"와! 공수씨. 제가 영광이죠!"

"작가님! 정말요? 그럼 제가 내일 학교 가서 담임 쌤에게 말씀 드릴게요. 정말 고맙습니다!"

"그래요. 그럼 연락 다시 주세요."

공수는 생각보다 쉽게 일이 풀렸다는 생각에 기분이 좋아지기 시작했다.

'고민하고 마음 졸인 거에 비해서 일이 쉽게 풀렸네. 다행이다.'

긴장이 풀린 탓인지 침대에 눕자 금방이라도 잠이 쏟아질 듯 피곤함이 몰려왔다.

눈을 감자 불쑥 학교에서 봤던 민국의 얼굴이 떠올랐다.

영어 단어나 외우라는 당당하고 건방지기까지 했던 민국의 얼굴은 아니었다.

마치 몇 달 전 책을 읽기 전 혼란스러웠던 자신의 얼굴과 비슷하다는 생각이 들었다.

'아~ 똥자루만 한 게 은근히 사람 신경 쓰이게 만드네…, 안되겠다. 내일 같이 PC방 가자고 해봐야지.'

책에 반하다

학교가 끝나자 공수는 자주 갔던 커피숍에서 지혜를 기다렸다.

지혜에게 북 콘서트에 대해 이야기 하려니 공수는 벌써부터 흥분되기 시작했다.

곧이어 커피숍에 도착한 지혜가 손을 흔들며 공수 앞에 다가와 앉았다.

"뭐 좋은 일 있나 봐? 얼굴에 미소가 한 가득이야?"

"그래? 정말?"

"응. 나 좋은 일 있어요~제발 좀 물어봐주세요~하는 것 같아."

"하하! 지금 내 얼굴이 그렇구나."

"뭔데? 얼른 말해봐!"

지혜의 재촉에 공수는 북 콘서트 행사와 진행 관련 이야기를 말하기 시작했다.

"어머! 진짜야?"

"응. 초청 강사로 변 작가님이 해주시기로 했어."

"변 작가님? 네가 책 읽는데 도움 주셨다는 그 분?"

"응. 맞아!"

"정말 잘됐다!"

지혜는 마치 자신의 일인 마냥 기뻐했다.

"근데 아직 더 있어?"

"응? 더? 무슨 말이야?"

"북 콘서트는 학교 강당에서 하는데 변 작가님이 시작에 앞서 책으로 변화된 삶을 살아가고 있는 내 경험담을 10분 정도 학생들에게 말해주면 좋을 것 같다고 하셨거든. 학교 쌤들과도 이미 그렇게 하기로 했어."

"꺄~! 정말? 아…, 떨려!"

"나도 떨려. 신기하기도 하고."

"신기해?"

"응. 내 주변에 이런 사람이 있다는 것도 그렇고 많은 학생들 앞에서 이렇게 말하게 된 것도 너무 신기해."

"응. 넌 잘 할 수 있을 거야. 홧팅!"

지혜의 진심 어린 격려에 공수는 하늘을 나는 것만 같았다.

그렇게 지혜와 달콤한 데이트를 끝내고 집으로 돌아가는 길에 민국에게 만나자는 문자가 왔다.

'안 그래도 오늘 연락하려고 했는데…, 무슨 일이지?'

공수는 안 그래도 요즘 들어 저기압으로 보이는 민국이 신경이 쓰이고 있었다.

"무슨 일이야?"

"너랑 나랑 보는데 꼭 무슨 일이 있어야만 보는 거냐?"

"놀려고 만나는 것도 아니고 이 시간에 그냥 보자는 게 처음인 것 같아서 그렇지."

“하긴 그것도 그렇네! 하하!”

공수는 민국이 무슨 말을 하려는지는 모르겠지만 계속 뜸을 들이고 있다는 생각이 들었다.

시간이 지나자 민국이 먼저 입을 열었다.

“야. 너 책 읽어보니 어때?”

“갑자기 그게 무슨 소리야?”

“아니 그냥…, 물어보는 거지 인마.”

힘없이 묻는 질문에 공수는 민국이 어색하게 느껴지기 시작했다.

“뭐가 어때야. 그냥 잘 읽었다 생각을 하는 거지.”

무슨 일 있냐는 공수의 말에도 민국은 한동안 말이 없었다.

“처음에 책 읽는다고 했을 때 널 찐따처럼 생각했었는데….”

“뭐 찐따? 날 그렇게 생각했었어?”

“그땐 그랬다고, 그랬는데 점점 좋아하는 거 하는 네 모습이 부러워지더라. 솔직히 난, 뭘 해야 할지도 모르고 좋아하는 게 뭔지 잘 모르는데 말이야.”

공수는 웃음이 새어 나오는 걸 꾹 참았다.

몇 달 전만 해도 자신이 겪고 있는 고민을 민국이 똑같이 하고 있었기 때문이다.

“그리고 비슷한 듯 아닌 듯 조금씩 너답지 않은 모습이 날 우울하게 만들더라.”

“그게 무슨 말이야? 나답지 않은 모습이라니?”

“응. 부럽기도 하고….”

“너 원래 나서는 거 별로 안 좋아했잖아. 그리고 솔직히 그런

적도 없었잖아. 그런데 독서 골든벨도 그렇고 독서 동아리에
강당에서 발표까지….”

“야! 왜이래~”

“아냐. 진짜 어딘가 모를 당당함이 느껴지더라. 난 아직 뭘 좋
아하는지 모르는데…, 그게 진짜 부럽더라.”

“그래서 저기압이시다? 왜 대학가야 한다며! 좋은 대학 가야
한다며!”

“비꼬긴 새끼! 그랬는데 요즘 그 생각이 조금씩 흔들린다고 시
꺄.”

“알았어. 알았어~장난이야. 야! 너도 책 읽어봐. 그리고 우리
이제 고1이다. 그렇게 심각하게 생각할 나이는 아니야.”

“나랑 같이 책 읽어보자.”

”너랑 같이?”

“응. 서로 읽은 책 바꿔서 읽어도 보고, 좋은 책 추천도 해주고
하면서 말이야.

그리고 너 머리 좋잖아. 책 읽다가 나처럼 성적 떨어져 고민할
일은 없을 거야!”

“죽자 살자 책만 보기 싫은데. 그러다가 성적 바닥치면 어떡
해?”

“아니. PC방 가거나 TV보는 시간 좀 줄여서 보는 걸로 충분
해.”

순간 공수는 자신이 변 작가 했던 말을 따라하고 있다는 것에
놀라웠다.

“나랑도 하고 너 여친 민지도 같이 하면 서로 힘이 되어주고 좋

잖아.”

“아. 좋네!”

“근데 민지는 지금 뭐하냐?”

“팩 붙이고 누워서 폰으로 웹툰보고 있겠지. 백퍼!”

“팩?”

“꿀 피부를 만들려면 지금부터 꾸준히 관리해야 한다나 뭐라
나…. 그런데 매일같이 하는데 피부가 썩….”

“민지 앞에서는 절대 그런 말 티도 내지 마라.”

“내가 미쳤냐.”

“민지 휴대폰 요금 많이 나오지 않나? 웹툰 많이 보던데.”

“많이 나올 거야. 언제 한 번 요금 폭탄 맞고 영혼까지 탈탈 털
려봐야 정신 차리지.”

공수는 티격태격하면서도 서로 잘 사귀고 있는 모습이 신기하
다는 생각에 웃음이 났다.

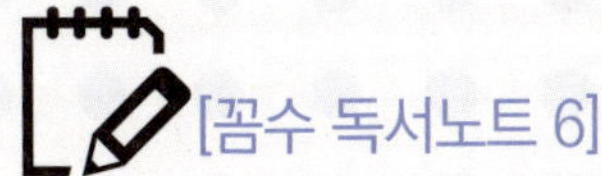

하나

오래 놔둘수록 안 읽을 걸 예상해서 책은 구입 즉시 읽자… 제발!
음식으로 말하면 유통기한이 지난 걸 거야. 책을 읽을 수 있는 유통기한!

둘

계획…가끔 오버해도 괜찮아!
꿈이 작으면 열매도 작은 법! 고럼~! ㅋㅋㅋ
성공하면 가지고 싶었던 걸 산다. 흐흐! 나에게 주는 선물!

셋

독서 페이스메이커를 만들자!
혼자 할 수 없으면 다른 사람의 힘을 빌려야지! 고럼! 고럼!
그리고 슬럼프라는 생각이 들 때면 자기 계발서를 찾아 읽는 거야. 편히
마음먹고 천천히!

[한 장 정리]

1. 책은 구입 즉시 읽는다.

음식에는 유통기한이 있다. 책도 크게 다르지 않다.

유통기한을 넘기면 음식이 변질되어 더 이상 먹을 수 없게 된다.

구입한 즉시 조금이라도 읽지 않고 그대로 놔두게 된다면 더이상 읽고 싶은 마음이 생기지 않게 된다. 작가 소개라도 읽어야 그 책에 손이 가게 된다.

2. 약간의 무리한 계획은 오히려 도움이 된다.

꿈이 크면 실패해도 성과가 큰 법이다.

마찬가지로 한 번은 평소 자신이 생각하는 것 이상으로 약간 무리한 계획을 세워 본다.

실패해도 분명 자신의 성장을 볼 수 있게 된다.

3. 독서 페이스메이커를 만들어라

책을 읽다 보면 평소와 다르게 쉽게 지칠 때가 있다.

이럴 때 필요한 것이 독서 페이스메이커다. 혼자 가면 빨리 갈 수 있지만 둘이 가면 오래갈 수 있다.

책을 많이 읽는 인생 선배면 더할 나위 없이 좋겠지만 그렇지 않아도 상관없다. 단지 나의 독서 생활을 지지해줄 수 있는 사람이면 충분하다.

독서 페이스메이커가 있다면 좀 더 지치지 않고 처음 열정을 유지하며 책을 읽어 나갈 수 있다.

Made By Me!

한가한 토요일 저녁 마음 편히 책 읽으며 시간을 보내고 있던 공수에게 휴대폰이 울리기 시작했다.

"공수씨. 저 변 작가입니다. 바쁘지 않으면 내일 오전에 센터에 서 잠깐 만날 수 있을까요?"

"네. 별일 없어요. 무슨 일이세요?"

"별거는 아니고요. 만나서 이야기해 드릴게요."

"네. 작가님."

통화를 마친 공수는 변 작가 어떤 일로 만나자고 하는지 영문 을 몰랐다.

일요일 아침 공수는 서둘러 외출 준비를 마치고 센터로 향했 다.

'아침 일찍 센터에서 변 작가님을 만나는 건 처음인데? 궁금한 데?'

센터에 도착한 공수는 조심스레 사무실 문을 두드렸다.

똑! 똑!

"공수씨! 들어와요!"

"어? 작가님! 어떻게 전 줄 아셨어요?"

"오늘 이 시간에 올 사람은 공수씨 밖에 없죠!"

"그런가요? 하하! 작가님! 그런데 무슨 일로 오늘 저를 보자고 하신건가요?"

"공수씨. 처음 여기 센터 왔을 때 보다 행복하세요?"

공수는 변 작가의 갑작스런 질문에 황당했지만 어려운 질문은 아니라고 생각했다.

"네. 다 그런 건 아니지만 재미있는 일도 많아졌고 행복한 것 같아요."

"좋아요! 그럼 된 겁니다! 공수씨. 다음 주 토요일 저 좀 도와 줄 수 있어요?"

변 작가는 바로 본론부터 꺼내시기 시작했다.

"특별한 일은 없는데, 무슨 일 있나요? 변 작가님의 부탁인데 당연히 도와드려야죠!"

"공수씨. 제가 문화센터에서 독서관련 강연하는 거 알죠."

"네. 알죠!"

"거기서 2주정도 강연해 줄 수 있어요?"

"네? 강연요?"

"어려운 건 없어요. 말이 좋아 강연이지 공수씨가 그동안 책 읽고 변화된 모습을 사람들에게 편하게 얘기하는 거예요. 물론 저랑 같이 콜라보로 하는 거니까 너무 걱정하지 않아도 됩니다."

"어우! 저 사람들 앞에서 떨려서 말 잘 못해요! 그리고 저는 아직 학생인데 무슨 강연을 해요?"

공수는 변 작가의 제안에 손까지 휘저어가며 말했다.

“겁낼 거 없어요. 공수씨 같은 사람이 앞에서 말을 해야 더 설득력이 있어요. 1년에 책 한 권도 읽지 않았던 사람이 10권을 읽었을 때 그 변화를 사람들이 궁금해 한다고요.”

“작가님! 그래도 못해요!”

“생각해 보세요. 처음부터 100권 200권 읽던 사람이 300권을 읽었다고 말하면 사람들에겐 감동 있게 들리겠어요? 보통 사람이 책을 읽고 보통 사람 같지 않게 변화되어 가는 모습을 사람들은 듣고 싶어 하고, 더 감동합니다. 그렇게 감동하는 그 사람들이 공수씨처럼 변화되어 가는 거고요.”

“그래도⋯, 자신 없는데요⋯.”

“아까 도와주신다고 했죠? 오늘부터 강연 준비하면 당일 별문제 없을 겁니다.”

“아⋯, 작가님⋯. 저 진짜.”

울상이 되어버린 공수를 변 작가는 자상하게 미소 지으며 말했다.

“있는 모습 그대로, 못하면 못하는 대로 부족하면 부족한 대로 하세요. 공수씨는 학생이지 선생님도 아니고 강사도 아니니까요.

공수씨 모습을 보고 사람들이 책 읽기에 대한 동기만 얻으면 됩니다.

다시 한 번 말하지만 너무 잘하시면 곤란해요!”

“아⋯, 네.”

센터를 나온 공수는 놀덩이를 얹어 놓은 것처럼 마음이 무거웠다.

가방에서 문자 왔다는 알림음이 들렸지만 휴대폰을 볼 마음이 아니었다.

"생각만 해도 떨리는데…, 이 문제를 어떻게 해결하지?"

급기야 가방에서 휴대폰 벨소리가 울리기 시작했고 공수는 지혜와 만나기로 했다는 사실을 깜빡 했다는 걸 알았다.

"뭐야. 계속 연락했는데 소식도 없고…, 걱정돼서 전화했어. 무슨 일 있어?"

"지혜야. 미안! 미안!"

공수는 서둘러 지혜와 약속 장소로 달려갔고 걱정스런 얼굴을 하고 있는 지혜에게 센터에서 변 작가랑 나눴던 일을 설명하기 시작했다.

"그래서…, 사람들 앞에서 말하는 걸 어떻게 해야 할지 그게 고민이야."

"그냥 소감 발표한다고 생각해. 그럼 마음이 조금 편해질 것 같은데."

"소감문?"

"응. 카페에서 친구들에게 책 읽고 달라진 모습을 말하는 자리라고 생각하는 편이 훨씬 마음 편하지 않을까?"

"거긴 카페가 아니잖아. 그리고 나 보다 다 어른들일 테고…."

"그러니까 몇 번 찾아가서 예행연습도 해봐야지. 실수하면 어때! 어차피 넌 강사도 아니고 고1 학생일 뿐이잖아. 보통 사람이 보통 사람 같지 않은 모습으로 얘기를 하는 거잖아."

"오! 변 작가님도 나에게 그렇게 얘기했는데!!"

"그랬어? 호호!"

“그래! 우선 강연 날까지 계속 연습하면 지금 보다 덜 떨리겠지.”

“응! 연습 먼저 하자 걱정은 그 다음이야~!”

매번 지혜가 있어 공수는 얼마나 다행이고 든든한지 몰랐다.

새삼 여자임에도 불구하고 용기 내어 먼저 사귀자고 말한 일이 떠올라 고마웠다.

지혜와의 데이트를 마치고 집에 도착한 공수는 컴퓨터를 켜고 강연을 위한 대본을 만들어 보기로 했다.

대본이라고 했지만 사실 지혜 말처럼 그 동안 변화된 삶의 소감을 말하는 것과 다를 바 없었다.

“오늘이랑 내일은 대본 만들어 보자.”

다음날 아침 학교가면서 공수는 변 작가에게 문자를 했다.

“작가님! 문화센터에서 연습할 수 있는 시간이 있을까요? 아무래도 센터에서 연습하면 훨씬 도움이 될 것 같아서요.”

문자를 보내자 공수는 변 작가의 답변이 오기만을 초조하게 기다렸다.

“그럼요! 준비되면 얘기하세요. 저도 같이 봐드릴게요.”

“네! 감사합니다.”

강연장 연습도 할 수 있고 이제 대본 연습만 제대로 하면 문제 없었다.

어설프지만 공수는 인사말부터 만들어 보며 지난 몇 개월간의 자신의 변화된 모습을 생각했다. 아직도 믿기지가 않았다.

책을 읽고 독서 동아리 리더를 맡고, 골든벨 대회에 나갔다. 수많은 학생들이 모인 학교 강당에서 발표도 했고 이제는 문화센터에서 강연도 하게 되었다.

다시 생각해도 꿈같았다. 무엇보다 공수 자신의 마음이 예전보다 더 단단해진 느낌이 책을 읽고 변화된 삶이라는 생각이 들었다.

책은 한가한 사람만 읽는 거라고 생각했다면 생각할 수 없었던 변화된 삶이었다.

[꼼수 독서노트 7]

하나

독서 Day를 만들자! 그날은 무조건 책만 읽는다.
며칠씩 책을 읽지 못해도 신경 쓰지 않을 거야!
하루 날 잡고 보면 되니깐!

둘

I Love 중고! 이제부터 중고서점이다!
돈도 훨씬 적게 들고 책도 거의 새 거라 그렇게 거부감도 안 들고 좋네!

셋

책에 흥미와 관심 있는 사람들 위주로 만난다.
변 작가님과 정석이 형. 땡큐~!

넷

TV 적당히 좀 보자!
아무리 좋아하는 TV프로그램이라도 대책 없이 보지는 말자!

[한 장 정리]

1. 독서 Day를 만들어 그날은 독서만 한다.

책을 읽다 보면 항상 집중해서 책을 읽을 수 있는 상황은 사실 많지 않다. 매일 조금씩이라도 읽으면 좋겠지만 시간이 흐르면 그것마저 싫어질 때가 있다.

갑자기 재미있거나 흥미 있는 일이 생길 수도 있고 며칠 전부터 새로 시작한 TV 드라마가 너무 재미있어서 책을 못 읽는 경우도 있다. 이런 상황이 며칠, 몇 주씩 이어지는 경우도 많다.

독서 Day를 정하면 이런 무거운 마음을 가볍게 할 수 있다.

일주일에 하루 또는 2주에 한 번 날을 정해서 그날은 다른 것 안 하고 책만 읽는 하루로 이용하면 된다.

주의할 점은 너무 독서 Day에 의존해서는 안된다는 점이다. 평소 꾸준히 책을 읽는 걸 고집하면서 병행하는 것이 가장 바람직하다.

2. 중고서점을 이용한다.

책을 읽는 기간이 길어지면 책을 구입하는 비용도 무시할 수 없게 된다. 매번 새 책을 사는 것은 한계가 있다. 이때 중고 서점을 이용하면 절약과 함께 새 책 못지않은 책으로 독서를 즐길 수 있다.

3. 책에 흥미와 관심 있는 사람들 위주로 만난다.

지친 나를 위해서 여럿이서 나를 지지해주고 응원해 준다면 없던 힘마저 솟아나는 게 당연하다.

책을 좋아하는 독서 모임이나 관심 있어 하는 사람들을 만나다 보면 그들의 열정과 에너지를 느낄 수 있게 된다. 마치 배터리가 떨어져 곤란한 상황에 놓여 있을 때 그들은 보조 배터리와 같은 역할을 해주며 그들이 지친 당신을 위로해준다.

4. TV와 적당한 선에서 타협을 맺는다.

무심코 리모컨을 쥔 채 TV를 보다보면 시간가는 줄 모르고 보게 된다.

그렇다고 한 번 보기 시작한 드라마나 프로그램을 아예 보지 않겠다고 하는 것도 쉽지 않다. 시간을 정해놓고 TV를 보는 것은 대책 없이 시간을 보내는 걸 막기 위한 최소한의 방법이다.

이 시간만큼은 마음 편히 TV를 즐기고 그 이후론 과감히 자리를 털고 일어난다.

그렇지 않으면 TV는 시간을 잡아먹는 기계가 된다.

에피소드
상황 별 꼼수 추천 도서

에피소드

“**여**러분 안녕하세요. 오늘은 여러분에게 조금 특별한 사람을 소개하겠습니다. 아니 지금은 특별해 보이지만 사실 여러분과 다를 게 전혀 없는 사람이기도 합니다.”

문화센터 강연장에서 공수를 소개하는 변 작가의 말에 공수의 가슴은 방방이질치고 있었다.

‘후~! 연습처럼, 대본대로 하자. 잘하려고 하지 말자.’

“여러분 박공수씨를 큰 박수로 환영해주세요.”

환영하는 박수 소리가 사라지자 공수는 대본대로 첫 마디를 시작했다.

“아. 안.녕하세요. 여러분….”

강연장은 마치 공수 혼자만 있는 것처럼 조용했고 심장 소리는 목소리 보다 더 크게 들리는 것 같았다.

이 상황에 전혀 매칭이 안되는 얼굴이지만 지혜도 아니고 정석도 아닌 뜬금없는 민국이 떠올랐다.

‘그래! 차라리 민국이에게 말하는 것처럼 하자. 민국이에게 독서의 중요성을 설명하는 거야!’

첫인사를 한 후 잠시 뜸을 들였지만 공수는 마음에 여유가 생기는 걸 느낄 수 있었다.

"이런 자리가 처음이라 많이 떨립니다. 진행이 매끄럽지 않더라도 너그러운 마음으로 이해 부탁드릴게요."

떨리는 건 마찬가지였지만 민국에게 말한다는 생각으로 이야기를 하자 입이 한결 부드러워져 편했다. 그렇게 강연이 끝나고 변 작가와 공수만 센터에 남았다.

"공수씨! 아주 훌륭했어! 최고!"

"작가님! 떨려 죽는 줄 알았어요!"

"너무 잘하지 말라니깐! 생각 보다 너무 잘했어요!"

"무슨 소리예요! 바지에 오줌 쌀 뻔했다고요!"

"하하! 그 정도였어요? 처음이라 그래요. 아무튼 정말 잘했어요!"

변 작가는 연신 엄지를 치켜 올리며 공수를 칭찬했다.

"이렇게 해서 공수씨의 앞에 있는 또 하나의 도미노를 넘어뜨렸네요."

"네? 도미노요?"

"공수씨가 그동안 벽이라고 생각했던 도미노요."

"몰라요. 지금은 아무 생각 없어요. 정말 하얗게 불태웠어요!"

"하하! 그래요! 오늘 정말 잘해주었어요!"

집으로 돌아오는 길에 공수는 휴대폰을 들여다보았다.

부재중 전화와 문자가 동시에 몇 통씩 와 있었다.

전부 강연 어땠냐는 문자였다.

믿어지지 않았다.

책을 선택한 후의 삶이 너무나 달라졌기 때문이다.

운 좋게 정석과 변 작가처럼 도움을 주는 지인들을 만난 것 역시 신기하기만 했다.

강연까지 하는 지금의 모습은 책을 읽지 않았을 때는 생각할 수 없었던 것들이었다.

이제는 누가 뭐라고 하지 않아도 계속 책을 읽고 꿈이라는 것도 가슴에 품게 되었다.

가방에서 휴대폰이 울렸다. 민국이었다. 공수는 강연 준비 한다고 한동안 민국이를 만나지 못해 미안한 마음이 있었는데 마침 잘됐다는 생각이 들었다.

"민국아! 잘 있었냐?"

"야. 나 너 죽은 줄 알았다. 잘 살고 있냐?"

"만나서 이야기 하자. 시간 괜찮으면 지금 볼까?"

공수는 약속 장소인 편의점 파라솔에서 민국을 기다리고 있었다. 얼마 지나지 않아 민국은 공수에게 손을 흔들어 보이며 걸어 왔다.

"야! 어떻게 됐어? 강연 잘했어?"

"어우! 강연이라고 말하지 마. 그 말도 부담스러워."

"뭐가 부담스럽냐? 솔직히 내 연락도 잘 안 받았을 땐 서운하고 그랬는데 지금 보니까 멋있다! 다시 보인다 공수야."

"강연 아니라고, 오글거리니깐 그만 띄워!"

"하하! 아무튼 잘했어!"

"야. 우리 뭐라도 마시자. 내가 사올게!"

공수와 민국은 각자 음료수를 마시며 한동안 말없는 시간을 보냈다.

민국이 먼저 입을 떼기 시작했다.

"그래서? 앞으로 어떻게 할 거야?"

"뭘 어떻게 해. 계속 책 읽고 책대로의 삶을 살아가야지."

"아니 그러니까 꿈이 있냐고?"

"아. 꿈! 도서관을 지으려고!"

"도서관?"

"응. 누구나 와서 책을 읽을 수 있는 도서관. 좋잖아! 많은 어려움이 있겠지만 가봐야지. 하하!"

"공수야. 부럽다!"

"이 새끼는 말만하면 부럽대!"

"자신감 있는 모습도 부럽고 꿈이 있는 것도 부럽고 지금 너 생활하는 모습도 부럽고…, 전부 다."

민국과 헤어지고 집으로 돌아온 공수는 민국에게 계속 마음이 쓰였다.

민국이 자신을 부러워하는 모습이 마치 몇 개월 전 자신의 모습을 보는 것 같았기 때문이다.

"아…. 민국이 이 자식 무지 신경 쓰이네…, 어떻게 힘을 주고 싶은데 좋은 방법 없을까?"

공수는 민국을 책으로 도움을 주면 좋겠다는 생각이 들었다.

'나도 정석이 형이 나에게 책 선물했던 것처럼 민국에게 책 선물해볼까?'

공수는 이렇게 생각이 들자 아예 정석이 자신에게 했던 개인 미션을 똑같이 민국에게 시도해 보기로 했다. 그러면서 공수 스스로도 개인 미션을 진행해 보기로 했다.

공수는 휴대폰으로 바로 책을 주문했다. 배송지는 민국의 집이었다.

집으로 향하는 공수의 머리위로 하얀 눈이 내리기 시작했다.

첫 눈이었다.

움직이며 읽을만한 책

1. 꿈꾸는 다락방   이지성 / 국일미디어

2. 보물지도   모치즈키 도시타카 / 나라원

3. 된다된다 나는 된다 니시다 후미오 / 흐름출판

4. 언어의 온도   이기주 / 말글터

5. 드림온 김미경 / 위즈덤하우스

6. 처음처럼   신영복 / 랜덤 하우스

7. 이토록 공부가 재미있어지는 순간   박성혁 / 다선3.0

초벌구이로 읽을만한 책

1. 창의성을 지휘하라 / 에드 캣멀, 에이미 월러스 미래앤

2. 공자가어   이민수 / 을유문화사

3. 프로페셔널의 조건   피터드러커 / 청림출판

4. 뇌 속의 신체지도   / 샌드라 블레이크슬리, 매슈 블레이크슬리 / 이다미디어

5. 클라우스 슈밥의 제4차 산업혁명   클라우스 슈밥 / 새로운현재

6. 가난이 조종되고 있다   에드워드 로이스 / 명태

7. 나를 세우는 옛 문장들   김영수 / 생각연구소

생각의 폭을 넓히기 위해 읽으면 좋은 책들

1. 시골의사의 부자 경제학   박경철 / 리더스북

2. 나는 거대한 꿈을 꿨다   손정의 / 중앙M&B

3. 그릇   사이토 히토리 / 21세기북스

4. 멈추지마, 다시 꿈부터 써봐   김수영 / 위즈덤하우스

5. 돈과 인생의 비밀   혼타 켄 / 더난출판사

6. 내 머리 사용법   정철 / 리더스북

7. 나는 거대한 꿈을 꿨다   애덤 스미스 / 정신세계사

8. 남자는 돈이 90%   사토나카 리쇼/ IWBOOK

불가능한 것을 이루는 유일한 방법은 가능하다고 믿는 거에요.

　　　　　　　　　　　　　　　　　　- 영화 거울나라 엘리스

소설로 읽는 청소년 비전 독서 가이드

꿈의 날개를 달아주는 **독서 한 장**

초판 1쇄 인쇄 2018년 7월 4일
초판 1쇄 발행 2018년 7월 10일

지은이 추교진
기획·편집 양승욱
펴낸이 이승심
펴낸곳 도서출판 상상의 날개
주소 인천 계양구 효성동 623-3
대표전화 032) 543-7005 | 팩스 032) 543-6005
편집부 070) 7756- 7005
출판등록 2008년 12월 02일
전자우편 leess7005@naver.com
기획 및 책임편집 양승욱 | 디자인 이현영
제작 유성롱
영업 및 마케팅 이종인
교정교열 정혜진
ISBN 978-89-93676-29-7 13800
정가 12,000원